_3ʊ̄_

D0595734

ILES DE L'ESPACE

SUPER LUXE FLEUVE NOIR

LENDEMAINS RETROUVES

ARTHUR C. CLARKE

ILES DE L'ESPACE

SCIENCE-FICTION

EDITIONS FLEUVE NOIR
69, boulevard Saint-Marcel - PARIS-XIIIᵉ

Le titre original de cet ouvrage est :

ISLANDS IN THE SKY

Traduction de André Jager

ISBN 2-265-00377-8

CHAPITRE PREMIER

L'oncle Jim avait dit : « Quoi qu'il arrive, Roy, ne t'en fais pas. Reste calme et amuse-toi bien ». Je me rappelais ses paroles en pénétrant dans le vaste studio à la suite des autres concurrents, et je ne pense pas avoir ressenti une nervosité particulière. Après tout, ce n'était qu'un jeu, même si je désirais terriblement gagner le prix.

Le public était déjà en place. Les gens bavardaient et s'agitaient dans l'attente du début du spectacle. Quelques acclamations éclatèrent quand nous montâmes sur scène pour prendre possession de nos sièges. Je jetai un coup d'œil furtif sur les autres candidats et j'en conçus aussitôt une certaine déception. Chacun d'entre eux paraissait tout à fait sûr de remporter la victoire.

Il y eut une nouvelle acclamation lorsque Elmer Schmitz, le speaker qui présentait la séance, fit son entrée. Naturellement, je l'avais déjà rencontré au cours des demi-finales et je crois que vous le connaissez aussi pour l'avoir vu souvent à la T.V. Il nous donna les dernières instructions, regagna sa place sous

les projecteurs et fit un signe aux caméras.
Il y eut un brusque silence lorsque la lumière
rouge jaillit. D'où je me trouvais, je pus voir
Elmer ajuster son sourire.

— Bonsoir, mesdames et messieurs ! commença-t-il. Ici, Eelmer Schnitz qui vous présente la finale du grand concours d'aviation
organisé et offert par la compagnie aérienne
mondiale « World Airways ». Les six jeunes
gens qui sont ici ce soir...

Mais je pense que ce ne serait pas très modeste de répéter les éloges qu'il fit de nous.
Après avoir vanté nos mérites en rappelant
que nous savions des tas de choses sur tout ce
qui volait dans l'air et à l'extérieur de l'air, et
que nous avions battu environ cinq mille autres
membres du « Junior Rocket Club » en une série de concours nationaux, il annonça que, ce
soir, c'était l'épreuve éliminatoire finale qui
désignerait le vainqueur.

Le premier tour fut relativement facile ; nous
restions dans la note des séances précédentes.
Elmer posa une question à chacun d'entre
nous, à tour de rôle, et nous eûmes vingt secondes pour y répondre. La mienne fut assez commode : on me demanda de citer l'altitude record atteinte par un simple appareil à réaction.
Toutes les réponses furent d'ailleurs exactes, et
je crois que ces premières questions ne servaient qu'à nous mettre en confiance. Mais, ensuite, la difficulté augmenta. Nous ne pouvions pas voir le montant de nos points ; nos
résultats étaient projetés sur un écran qui
faisait face au public. Néanmoins, rien qu'au
bruit des applaudissements, on savait si les
réponses étaient bonnes ou non. J'ai oublié de
préciser que l'on perdait un point en donnant

une réponse erronée. C'était pour limiter le temps de réflexion : quand on ne savait pas, il valait mieux ne rien dire du tout.

Je crus comprendre que je n'avais fait qu'une seule faute ; mais il me sembla qu'un type de New-Washington n'en avait pas fait une seule, lui. Naturellement, ce n'était pas une certitude, parce qu'il était difficile de suivre les prouesses des autres. A chaque tour, vous vous demandiez ce qu'Elmer pouvait bien mijoter pour vous prendre en défaut. Je me sentais assez perplexe quand soudain les lumières s'éteignirent tandis qu'un projecteur resté caché entrait en action.

— Et maintenant, dit le présentateur, voici la dernière épreuve ! L'espace d'une seconde, un modèle d'avion ou de fusée sera présenté à chacun des candidats qui devra l'identifier pendant cette période. Prêts ?

Une seconde, ça peut paraître terriblement court, mais pas tant que vous le pensez. On peut voir pas mal de choses pendant ce temps-là et suffisamment de détails pour reconnaître un engin qu'on connaît vraiment bien. Mais quelques-uns des appareils qu'on nous montra remontaient à plus de cent ans, et même un ou deux possédaient encore des hélices ! J'avais de la chance : l'histoire du vol m'avait toujours intéressé et j'avais étudié avec passion toutes ces antiquités. C'est là que le gars de New-Washington échoua piteusement. On lui passa une vue du primitif biplan Wright — que vous pouvez voir au Musée Smithsonan n'importe quand — et il ne put pas lui donner un nom. Il ne s'intéressait qu'aux fusées, expliqua-t-il par la suite, et il estimait que ce n'était pas un test loyal. Mais je crois qu'il avait tort.

On me montra le Dornier DO-X et un B 52, et je les identifiai tous les deux sans hésiter. Aussi ne fus-je pas tellement surpris lorsque Elmer appela mon nom dès que la lumière revint. N'empêche que je vécus un beau moment quand je me dirigeai vers lui : les caméras me suivaient et le public applaudissait à tout rompre.

— Mes félicitations, Roy ! dit-il cordialement en me serrant la main. Voici un résultat presque parfait, tu n'as raté qu'une seule question. J'ai donc le grand plaisir de te décerner le titre de lauréat du concours de la « World Airways ». Comme tu le sais, le prix est constituée par un voyage, tous frais payés, pour n'importe quel endroit du globe. Nous aimerions connaître quel est ton désir. Dis-nous donc où tu aimerais aller. Est-ce qu'un pays quelconque entre le pôle Nord et le pôle Sud a tes préférences ?...

Ma langue se dessécha un brin. J'avais bien préparé mon plan depuis plusieurs semaines, mais, à présent que l'heure était venue, c'était différent. Je me sentais terriblement seul au milieu de cette immense salle, devant tous ces gens qui attendaient tranquillement ce que j'allais dire. Lorsque je répondis, ma voix me sembla très lointaine :

— Je voudrais aller sur la Station Intérieure...

Elmer parut embarrassé, surpris et contrarié tout à la fois. Il y eut une espèce de frémissement dans la foule et j'entendis quelqu'un émettre un petit rire. C'est sans doute ce qui décida Elmer à s'orienter lui aussi vers l'humour.

— Ha ! Ha ! Vraiment très amusant, Roy !
Mais le prix que tu as gagné, c'est un voyage
n'importe où sur le « globe ». Tu dois te conformer au règlement, cela va de soi !...

Je devinai qu'il se moquait de moi et ça me
mit un peu en colère. Aussi, je lui répondis :

— J'ai lu très attentivement le règlement.
Il n'y est pas dit qu'il s'agit d'un voyage « sur
le globe », mais « à n'importe quel endroit du
globe ». Cela fait une différence.

Elmer n'était pas fou. Il comprit que mon
attitude allait compliquer les choses. Son sourire s'évanouit sur-le-champ et il jeta un coup
d'œil anxieux vers les caméras de la T.V.

— Continue, me dit-il.

J'affermis ma voix et je repris :

— En 2054, les Etats-Unis, comme tous les
autres membres de la Fédération Atlantique,
ont signé la convention Tycho qui délimite les
droits de chaque planète dans l'espace qui l'entoure. Selon cette convention, la Station Intérieure fait partie de la Terre parce qu'elle se
trouve dans un champ distant de moins de mille kilomètres.

Elmer m'adressa un regard des plus bizarres. Finalement, il se remit un peu et risqua :

— Dis-moi, Roy, ton père ne serait-il pas
avocat, par hasard ?

Je secouai la tête.

— Pas du tout ! dis-je.

Bien sûr, j'aurais pu ajouter « mais c'est mon
oncle Jim qui l'est ». Je décidai de garder cela
pour moi, car il allait y avoir suffisamment de
difficultés comme ça.

Elmer fit quelques tentatives pour me faire

changer d'idée, mais il échoua. Le temps passait et le public était de mon côté. Enfin, il capitula et dit en riant :

— Décidément, tu es un garçon qui sait ce qu'il veut. Mais c'est toi le vainqueur, après tout, et le droit semble être pour toi. J'espère qu'il te sera donné satisfaction.

Je l'espérais, moi aussi...

Naturellement, Elmer avait raison de penser que je n'avais pas imaginé cela tout seul. L'oncle Jim, qui est conseiller juridique au pool de l'énergie atomique, avait flairé l'occasion peu après mon entrée dans la compétition. Il m'avait soufflé ce qu'il fallait dire en me certifiant que la « World Airways » ne pourrait pas se dérober à ses obligations. Même si elle le pouvait, tant de gens m'avaient suivi à la télévision qu'un refus de sa part serait une très mauvaise publicité pour elle. « Tâche de tenir bon, et ne prends aucun engagement sans m'en parler auparavant », avait-il dit.

Toute cette histoire avait assez irrité mes parents. Ayant suivi le reportage, ils avaient compris où je voulais en venir aussitôt que je m'étais mis à discuter. Mon père appela sans tarder l'oncle Jim au téléphone et lui dit sa façon de penser. (J'en ai entendu parler par la suite). Mais il était déjà trop tard pour m'arrêter.

Voyez-vous, depuis aussi longtemps que je peux m'en souvenir, j'ai toujours follement désiré aller faire un tour dans l'espace. Quand tout cela arriva, j'avais seize ans et je n'étais pas mal bâti pour mon âge. En matière d'aviation et d'astronautique, j'avais lu tout ce qui m'était tombé sous la main, vu tous les films ou les émissions de T.V. traitant de l'espace, et je m'étais peu à peu convaincu qu'un jour ou l'autre je me trouverais dans un appareil d'où je pourrais voir la Terre se rétrécir derrière moi. J'avais fabriqué des maquettes d'astronefs et même installé un dispositif à fusée à l'intérieur de quelques-unes, jusqu'au jour où les voisins avaient protesté. Ma chambre était tapissée de centaines de photos représentant non seulement tous les modèles de vaisseaux interplanétaires que vous pourriez nommer, mais aussi les paysages les plus célèbres d'autres planètes.

Mes parents n'y faisaient pas attention et pensaient que ça se passerait avec l'âge. « Regarde Joe Donavan », disaient-ils (Joe est le gars qui dirige le centre de réparation des hélicoptères de la région). « Il voulait être colon sur Mars quand il avait ton âge. La Terre n'était plus assez bonne pour lui ! En fait, il n'est même jamais allé jusqu'à la Lune et je ne pense pas qu'il y aille un jour. Il est très heureux ici... » Je n'en étais pas si sûr. J'avais déjà surpris Joe en train de regarder le ciel au moment où les fusées en partance traçaient leur sillage de vapeur blanche dans la stratosphère, et je pensais parfois qu'il aurait volontiers donné tout ce qu'il possédait pour partir avec elles.

L'oncle Jim (c'est le frère de mon père) était le seul qui comprenait vraiment ce que je ressentais. Il avait été sur Mars deux ou trois fois, une fois sur Vénus et si souvent sur la Lune qu'il ne s'en souvenait plus. On le payait pour ces voyages qui faisaient partie de son travail. Je crois qu'on le considérait dans ma famille comme un exemple néfaste pour moi.

A peu près une semaine s'était écoulée depuis mon succès lorsque je reçus des nouvelles des gens de la « World Airways ». Leur lettre était très polie — d'une espèce de politesse glaciale — et me disait qu'ils consentaient à ce que le règlement du concours puisse inclure la possibilité pour moi de me rendre à la Station Intérieure. (Ils ne purent s'empêcher d'exprimer leur déception de voir que je n'avais pas choisi de bénéficier d'un de leurs voyages de luxe « à l'intérieur » de l'atmosphère. L'oncle Jim prétendait que ce qui les contrariait le plus c'était le fait que ma prétention allait leur coûter au moins dix fois plus qu'ils ne l'avaient prévu). Malgré tout, il y avait deux conditions. D'abord je devais obtenir le consentement de mes parents ; ensuite, il me faudrait passer l'examen médical d'usage pour les équipages de fusées.

A propos de mes parents, je vous dirai que malgré leur mauvaise humeur, ils n'avaient pas l'intention de se mettre en travers de mon chemin. Après tout, les voyages interplanétaires étaient suffisamment sûrs et je ne devais aller qu'à quelques centaines de kilomètres d'altitude, ce qui n'avait rien de bien dramatique ! Aussi, après avoir signé les formules sans trop de difficultés, les retournèrent-ils à la « World Airways » qui, j'en suis presque certain, avait espéré qu'ils refuseraient de me laisser partir.

Restait le deuxième obstacle, l'examen médical. Je trouvais que ce n'était pas très loyal de me l'imposer, car, selon toute probabilité, cette visite médicale devait être extrêmement sévère et si les docteurs me déclaraient inapte, personne ne serait plus satisfait que la « World Airways ».

L'endroit le plus rapproché pour subir cet examen était le Service Médical de l'Air, à Johns Hopkins, ce qui représentait une heure de vol par le « réaction » Kansas-Washington, plus une paire de courts trajets en hélicoptère à chaque bout. J'avais déjà fait des dizaines de fois des parcours plus longs, mais j'étais tellement ravi qu'il me semblait presque vivre une aventure nouvelle. Dans un sens, d'ailleurs, c'était vrai. Car si tout se passait convenablement, j'allais ouvrir un nouveau chapitre de mon existence.

Mon absence ne devait durer que quelques heures, mais j'avais tout de même eu soin de préparer mon départ depuis la veille au soir. Le temps était clair, cette nuit-là, et j'en avais profité pour sortir avec mon petit télescope, à seule fin de jeter un coup d'œil sur les étoiles. C'était un drôle d'instrument — une paire de lentilles logées dans un tube de bois — mais je l'avais fabriqué moi-même et j'en étais très fier. Quand la Lune était à demi pleine, il me permettait d'y distinguer les plus hautes montagnes. Grâce à lui, j'avais pu discerner aussi les anneaux de Saturne et les satellites de Jupiter.

Ce soir-là, pourtant, je cherchai quelque chose de différent, quelque chose de plus difficile à trouver. Je connaissais son orbite approximative grâce à notre club d'astronomie local qui avait fait les calculs pour moi. C'est pourquoi je disposai le télescope aussi précisément que je le pus et je commençai à fouiller lentement la portion sud-ouest du ciel, tout en pointant sur la carte que j'avais déjà préparée.

La recherche me prit à peu près un quart d'heure. Enfin apparut dans le champ de l'ins-

trument, au milieu d'une poignée d'étoiles, un
corps qui n'en était pas une. Je pus tout juste
distinguer une minuscule forme ovale beaucoup trop petite pour présenter des détails.
Elle brillait avec éclat dans la lumière solaire,
au-delà de l'ombre de la Terre, tout en se
déplaçant à vue d'œil. Un astronome d'il y a
cent ans aurait été bougrement dérouté à la
vue de cette nouveauté dans le ciel. Il s'agissait de la Station Météo n° 2, située à dix mille kilomètres d'altitude, et qui accomplissait
quatre fois par jour sa révolution autour de la
Terre. La Station Intérieure était trop loin au
Sud pour être visible de ma latitude. Il aurait
fallu se trouver aux abords de l'Equateur pour
voir briller dans le ciel la plus étincelante et
la plus rapide de toutes les étoiles.

J'essayai d'imaginer ce que l'on pouvait bien
ressentir sur cette cité flottante, avec le vide
de l'espace tout autour. Qui sait, peut-être que
les savants, de là-haut, regardaient vers moi
comme je regardais vers eux. Je m'étais toujours demandé quel genre de vie ils menaient.
Avec un peu de chance, j'allais pouvoir m'en
rendre compte par moi-même.

Le minuscule disque brillant que je venais
d'observer tourna soudain à l'orangé, puis au
rouge, et commença à disparaître comme une
braise mourante. En quelques secondes, il
s'était évanoui complètement, abandonnant
les étoiles qui scintillaient toujours avec la
même brillance dans le champ du télescope.
La Station Météo n° 2 venait de s'enfoncer
dans l'ombre de la Terre et son éclipse serait
totale jusqu'au moment où elle émergerait de
nouveau, au sud-est, dans une heure environ.
C'était la « nuit » sur l'astre artificiel, tout

comme ici, sur notre planète. Je remballai mon
appareil et je montai me coucher.

**
*

A l'est de Kansas City, le paysage est plat
sur huit cents kilomètres avant d'atteindre les
Monts Apalaches. Il y a un siècle, j'aurais sur-
volé des centaines de milliers d'hectares de
culture, mais, depuis que l'agriculture s'était
déplacée vers la mer à la fin du XXe siècle, le
décor avait changé. A présent, l'ancienne Prai-
rie retrouvait sa place et, avec elle, les grands
troupeaux de buffles qui parcouraient le pays
alors que les Indiens en étaient les seuls maîtres. Les principaux centres industriels et mi-
niers n'avaient pas beaucoup changé, mais les
petites localités s'étaient éteintes et, dans quelques années, il ne resterait même plus de traces prouvant qu'elles eussent jamais existé.

Je crois que j'étais beaucoup plus inquiet en
gravissant le vaste escalier de marbre du « Service Médical de l'Air » qu'en abordant l'épreuve finale du concours de la « World Airways ».
Si j'avais échoué, alors, j'aurais pu avoir une
autre occasion par la suite, tandis que si les
docteurs disaient non, c'en était fait à jamais
de mon voyage dans l'espace.

Il y avait deux sortes d'examen : le physi-
que et le psychologique. Je dus accomplir une
série d'exercices apparemment idiots, tels
courir dans un manège en retenant ma respiration, essayer de percevoir d'infimes bruits
dans une chambre insonorisée et identifier de
vagues lumières colorées. A un certain moment, on amplifia les battements de mon cœur
des milliers de fois et cela produisit un son
étrange qui me donna la chair de poule ; mais
les docteurs dirent que c'était parfait.

Ils me paraissaient très sympathiques, ces médecins spécialistes. Au bout d'un certain temps, j'eus la ferme conviction qu'ils étaient de mon côté et qu'ils faisaient tout ce qu'ils pouvaient pour me faire passer. Naturellement, cela m'aidait beaucoup et je commençais à me dire que c'était aussi passionnant qu'un jeu.

Je dus réviser mon jugement après une épreuve pour laquelle il me fallut m'asseoir à l'intérieur d'une caisse que l'on fit pivoter dans toutes les directions possibles. Lorsque j'en sortis, j'étais terriblement malade et je pouvais à peine me tenir debout. Ce fut mon plus mauvais moment, car je fus certain d'avoir échoué. En réalité, c'était très bien : si je n'avais pas été malade, c'est que j'aurais eu quelque chose d'anormal dans le fonctionnement de mon organisme.

On me laissa ensuite reposer pendant une heure avant les tests psychologiques. Ceux-là m'inquiétaient moins ; j'en avais déjà subi auparavant. Il y eut quelques puzzles élémentaires, un ou deux questionnaires à remplir, des exercices de réflexe de la vue et des mains. Finalement, on attacha un enchevêtrement de fils autour de ma tête et on me conduisit dans un couloir étroit et sombre que limitait une porte fermée juste en face de moi.

— Et maintenant, écoute-moi bien, Roy, fit le technicien qui dirigeait les tests. Je vais te quitter et la lumière va s'éteindre. Reste ici jusqu'à nouvel ordre et fais exactement ce qu'on te dit. Ne t'occupe pas de ces fils, ils te suivront quand tu te déplaceras. O.K. ?

— O.K., répondis-je, tout en me demandant ce qui m'attendait.

La lumière s'éteignit et, pendant une minute, je fus dans l'obscurité complète. Puis une très vague lueur rouge en forme de rectangle apparut et je compris que la porte qui me faisait face s'ouvrait, bien que je n'entendisse aucun bruit. J'essayai de distinguer ce qui se trouvait au-delà, mais la lueur était trop faible. Les fils qui avaient été disposés autour de ma tête, je le savais, enregistraient les réactions de mon cerveau. Aussi, quoi qu'il arrivât, je devais m'efforcer de rester calme et maître de moi.

Une voix sortit de l'ombre par le truchement d'un haut-parleur caché.

— Franchis la porte que tu vois en face de toi, et arrête-toi aussitôt après.

J'obéis aux instructions, bien que ce ne fût pas facile de marcher en ligne droite dans la maigre clarté, avec tous ces fils qui traînaient derrière moi.

A aucun moment je n'entendis la porte grincer, mais, sans savoir pourquoi, je sus qu'elle s'était refermée. En tâtonnant de la main, je réalisai que je me trouvais devant une paroi lisse en plastique. A présent, l'obscurité était totale, mais l'infime lueur rouge avait disparu.

Un temps qui me parut long s'écoula avant qu'il se produisît quelque chose. Je crois bien être resté là, debout dans le noir, pendant presque dix minutes dans l'attente de nouvelles instructions. A une ou deux reprises, je me mis à siffler doucement pour me rendre compte s'il y avait un écho quelconque qui me permettrait de juger les dimensions de la pièce. Sans pouvoir obtenir de certitude, j'eus l'impression que c'était un local très vaste.

Et puis, sans aucun avertissement, la lumière se ralluma. Pas brusquement, mais dans une phase progressive rapide qui dura deux ou trois secondes. Je fus ainsi en mesure de distinguer parfaitement mon entourage et... *je me mis à hurler !*

Pourtant, à un détail près, il s'agissait d'une chambre tout à fait normale. Il y avait une table où s'étalaient quelques journaux, trois fauteuils, une bibliothèque contre un mur, un petit bureau et un récepteur ordinaire de télévision. Le soleil paraissait entrer par une fenêtre et des rideaux s'agitaient doucement sous l'effet d'un vent léger. Au moment où la lumière revint, la porte s'ouvrit et un homme entra. Il ramassa un journal sur la table et se laissa tomber dans un fauteuil. Il venait de commencer sa lecture lorsqu'il regarda en l'air et me vit. Et quand je dis « en l'air », c'est exactement cela, car c'était bien ce qu'il y avait d'étrange dans ma situation. Je ne reposais pas sur le plancher, sur le même plan que les sièges et les meubles ! Plus mort que vif, j'étais suspendu à cinq mètres de haut, plaqué contre le plafond, sans aucun appui ni rien à portée de la main. J'essayai de m'agripper à la paroi que j'avais dans mon dos, mais elle était aussi lisse que du verre. Rien ne pouvait m'empêcher de dégringoler sur le dur parquet, tout en bas...

CHAPITRE II

La chute ne se produisit jamais, et mon premier moment de panique passa rapidement.
Tout cela n'était qu'une illusion quelconque
car le sol semblait ferme sous mes pieds en
dépit de ce que prétendaient mes yeux. Je ces-
sai de me cramponner à la porte qui m'avait
donné accès, cette porte que mes yeux es-
sayaient de faire admettre comme partie inté-
grante du plafond.

Bien sûr, c'était absurdement simple ! La
pièce sur laquelle mon regard paraissait plonger était en réalité reflétée par un grand miroir qui se trouvait juste en face de moi, fixé
à un angle de quarante-cinq degrés à la verticale. En réalité, j'étais debout à la partie supérieure d'une vaste chambre « inclinée » horizontalement selon un angle adéquat, particularité que le miroir ne laissait pas soupçonner.

Je m'accroupis sur les mains et les genoux,
et je me mis à progresser devant moi avec précaution. Cet exercice exigeait une bonne dose
de sang-froid, car mes yeux me disaient toujours que je rampais la tête en bas le long d'un
mur vertical. Au bout de quelques mètres, je
parvins à une brusque dénivellation et je m'arrêtai pour regarder. Là, en dessous de moi —
vraiment en dessous, cette fois ! — se trouvait
la chambre que j'avais contemplée tout à l'heure. L'homme assis dans le fauteuil me souriait
comme pour me dire « Nous t'avons fichu une

belle frousse, n'est-ce pas ? » Naturellement, je pouvais voir tout aussi nettement son image dans le miroir qui me faisait face.

La porte s'ouvrit derrière moi et le technicien entra. Il tenait à la main un long ruban de papier qu'il brandit dans ma direction en souriant.

— Toutes tes réactions sont enregistrées là-dessus, Roy, me dit-il. Sais-tu à quoi servait ce test ?

— Je crois l'avoir deviné, dis-je d'un air un peu piteux. N'est-ce pas pour juger de mon comportement devant un bouleversement des lois de la gravitation ?

— C'est exact. C'est ce que nous appelons le test d'orientation. Dans l'espace, tu n'auras plus de gravité du tout et il y a des gens qui ne peuvent jamais s'y accoutumer. Cette épreuve élimine la plupart d'entre eux.

J'espérais en tout cas qu'elle ne m'éliminerait pas, moi, et je passai une désagréable demi-heure dans l'attente du verdict des docteurs. Mais je n'aurais pas dû m'en faire. Ainsi que je l'ai déjà dit, ils étaient de mon côté et j'ai l'impression qu'ils désiraient mon succès autant que moi-même...

*

Les monts de la Nouvelle-Guinée, au sud de l'Equateur, s'élèvent par endroits à plus de cinq mille mètres au-dessus du niveau de la mer ; cette région a dû constituer autrefois l'un des lieux les plus sauvages et les plus inaccessibles du globe. Bien que l'hélicoptère ait rendu leur accès aussi facile que n'importe quel autre endroit, ce n'est qu'au XXIe siècle que ces montagnes devinrent importantes en tant que tremplins de départ vers l'Espace.

Il y a trois bonnes raisons pour cela. Tout d'abord, le fait que ces monts se trouvent si proches de l'Equateur signifie, à cause de la rotation de la Terre, qu'ils se meuvent d'ouest en est à une vitesse de plus de quinze cents kilomètres à l'heure. C'est un appoint appréciable pour une fusée, au départ vers la stratosphère. De plus, leur altitude les fait émerger des couches les plus denses de l'atmosphère, de sorte que la résistance à l'air étant réduite, les propulseurs peuvent agir avec plus d'efficacité. Enfin — et c'est peut-être là l'avantage le plus important de tous — seize mille kilomètres de Pacifique s'étendent à leur pied vers l'est. En effet, on ne peut pas lancer des fusées interplanétaires à partir des régions trop habitées. En plus du danger que cela représenterait au moindre incident, l'épouvantable bruit que produit l'ascension d'un engin assourdirait les gens à des kilomètres à la ronde.

Port Goddard se trouve sur un grand plateau nivelé par une explosion atomique, à plus de quatre mille mètres d'altitude. Il n'y a aucun moyen d'y accéder par voie de terre, tout y arrive par air. C'est le lieu de rendez-vous des appareils atmosphériques et des vaisseaux interplanétaires.

Lorsque j'en eus mon premier aperçu, à bord du « réaction » qui allait atterrir, Port Goddard me fit l'effet d'un minuscule rectangle blanc niché au milieu des montagnes. D'immenses vallées recouvertes de forêts tropicales s'étendaient aussi loin que la vue pouvait porter. Dans ces contrées, m'avait-on dit, vivent encore des tribus de sauvages que personne n'a jamais rencontrées. Je me demande ce qu'ils doivent penser à la vue des monstres qui volent au-dessus de leurs têtes en remplissant le ciel de mugissements effroyables...

Le peu de bagages que l'on m'avait autorisé à emporter avait été expédié avant moi et je ne devais plus en prendre possession avant mon arrivée à la Station Intérieure. Lorsque je mis pied à terre et que l'air pur et frais me fouetta le visage, je me sentis tellement au-dessus du niveau de la mer que, par réflexe, je levai le nez en l'air pour voir si je pouvais trouver mon lieu de destination dans le ciel. Mais on ne me laissa guère le temps de réfléchir : les reporters m'attendaieint et je dus, une fois de plus, me prêter à l'objectif des caméras.

Je n'ai pas la moindre idée de ce que j'ai pu raconter aux journalistes. Heureusement, les autorités de l'aéroport vinrent à mon secours et m'emmenèrent. Je dus remplir les inévitables formules, on me pesa très soigneusement et on me donna quelques pilules à prendre.

Je grimpai alors à bord d'un petit camion qui devait nous mener au point de lancement. J'étais le seul passager pour ce voyage, l'appareil qui devait m'emmener étant en réalité une fusée-cargo.

La plupart des vaisseaux interplanétaires ont des noms astronomiques, et c'est assez naturel. Je devais embarquer sur le «Sirius», qui, bien qu'étant l'un des plus petits appareils, m'impressionna beaucoup lorsque j'en approchai. Il était déjà dressé sur son berceau et sa proue pointait verticalement vers le ciel ; il avait l'air de reposer en équilibre sur les grands triangles de ses ailes. Celles-ci ne devaient entrer en action que lorsque la fusée regagnerait l'atmosphère, lors de son retour vers la Terre. Pour l'instant, elles servaient seulement de support aux quatre gigantesques réservoirs de carburant qui ressemblaient à des bombes géantes et qui seraient largués dès que les moteurs les auraient vidés. Ces réservoirs aérodynamiques étaient presque aussi longs que la coque du vaisseau.

L'appareillage de ravitaillement était encore en place. Lorsque j'eus pénétré dans l'ascenseur, je réalisai pour la première fois que je venais de rompre mes attaches avec la Terre. Un moteur se mit à gronder et le long des parois métalliques du « Sirius », l'ascenseur glissa à toute vitesse. Ma vision de Port Goddard s'élargit. A présent, je pouvais distinguer les bâtiments administratifs groupés au bord du plateau, les énormes entrepôts de carburant, l'étrange structure de l'usine préparant l'ozone liquide, le terrain d'atterrissage avec les avions et les hélicoptères du trafic habituel. Et, au-delà, insensibles à toutes ces inventions de l'homme, les montagnes et les forêts éternelles.

Le monte-charge stoppa en douceur et les portes s'ouvrirent sur une courte passerelle menant à l'intérieur du « Sirius ». Je pénétrai par les battants ouverts du sas en un lieu où la froide lumière électrique remplaçait les rayons éclatants du soleil tropical. J'étais dans le poste de pilotage de la fusée.

Le pilote était déjà à ses commandes et procédait aux vérifications d'usage. Lorsque j'entrai, il pivota sur son siège et m'adressa un sourire avenant.

— Alors ? me dit-il. C'est toi le fameux Roy

Malcom ? Je vais essayer de t'amener entier à la Station. Es-tu déjà monté dans une fusée ?

— Non, répondis-je.

— Eh bien, ne t'en fais pas. Ce n'est pas aussi terrible que certains le prétendent. Mets-toi à ton aise, attache tes sangles et attends tranquillement. Il nous reste encore vingt minutes avant le départ.

Je grimpai sur le siège-couchette pneumatique, mais je ne parvins pas facilement à refréner ma nervosité. Avais-je peur ? Je ne le crois pas. Mais, sans aucun doute, j'étais très ému. Après avoir rêvé de cet instant pendant des années, j'étais enfin à bord d'une fusée interplanétaire ! Dans quelques minutes, une force de plus de cent millions de chevaux allait me propulser dans le ciel !...

Je laissai errer mon regard autour de la cabine. La plupart des appareils qu'elle contenait m'avaient déjà été rendus familiers par des photos et des films. Je connaissais, théoriquement, leur mécanisme et leur rôle. Beaucoup de manœuvres se font automatiquement, c'est pourquoi le tableau de bord n'est pas, à vrai dire, très compliqué.

Par radio, le pilote échangeait avec la tour de contrôle de la base les formules classiques qui président aux préparatifs de décollage. A chaque instant, un minutage intervenait dans la conversation : « Moins quinze minutes... Moins dix minutes... Moins cinq minutes ». J'avais bien souvent entendu cette sorte de phrase laconique, mais elle ne manquait jamais de me donner le frisson. Et, cette fois, il ne s'agissait plus d'un reportage à la télévision : j'étais moi-même en plein milieu de l'action.

— Je passe sur l'automatique, lança soudain le pilote en pressant une grande manette écarlate.

Il poussa un soupir de soulagement, détendit ses bras et se pencha en arrière sur son siège.

— C'est toujours une agréable sensation, me dit-il. Plus rien à faire pendant une heure !

Naturellement, il savait qu'en réalité ce n'était pas tout à fait vrai. Bien qu'à partir de cet instant les commandes de l'appareil fussent manipulées par un robot, il fallait cependant veiller à ce que tout se passât suivant la norme. En cas d'urgence, ou en cas d'erreur du pilote automatique, il fallait immédiatement reprendre les commandes.

La fusée se mit à vibrer au moment où les pompes à carburant entrèrent en action. Un réseau complexe de lignes entrelacées apparut sur l'écran de T.V., ce qui avait sans doute quelque chose à voir avec la route que devait suivre le « Sirius ». Des lampes minuscules disposées en rangée passèrent du rouge au vert, les unes après les autres. Au moment où la dernière changeait de couleur, le pilote me cria :

— Assure-toi que tu reposes bien à plat !

Je m'efforçais de faire corps avec ma couchette. Et, soudain, d'un seul coup, sans avertissement, il me sembla que quelqu'un venait de sauter sur moi. Il y eut un terrible rugissement dans mes oreilles et j'eus l'impression de peser une tonne. Respirer me demanda un effort pénible ; il n'était plus question de laisser les poumons faire seuls le travail sans qu'on s'occupe d'eux.

La sensation de malaise ne dura que quel-

ques secondes, et je m'accoutumai rapidement.
Les véritables moteurs du « Sirius » n'avaient
pas encore démarré : nous montions sous la
poussée des fusées de lancement qui devaient
se détacher après épuisement, au bout de trente secondes, alors que nous serions à de nombreux kilomètres de la Terre.

Je devinai le moment où les fusées se détachaient ; il y eut un brusque relâchement de
la pesanteur. Il ne dura qu'une seconde, au
bout de laquelle une imperceptible modifica-
tion du grondement m'avertit que nos rockets
entraient en action. Leur tonnerre allait durer
cinq nouvelles minutes. Après ce temps, nous
nous déplacerions avec une telle vitesse que
la Terre ne pourrait plus nous attirer.

A présent, la poussée des propulseurs me
faisait peser plus de trois fois mon poids normal. Tant que je restais tranquille, je n'éprouvais pas de gêne réelle. A titre d'expérience,
j'essayai de me rendre compte si je pouvais
lever mon bras. Ce fut un mouvement plutôt
fatigant mais pas trop difficile. (N'empêche
que je fus bien content de laisser retomber
mon bras). Si cela avait été nécessaire, je
crois que je serais parvenu à me mettre assis,
mais il m'eût été impossible de me tenir debout.

Sur l'écran de T.V., le réseau de lignes lumi-
neuses paraissait inchangé. A présent, pourtant, on distinguait une toute petite tache qui
glissait lentement vers le haut et qui représentait, je m'en doutais, la fusée dans sa course ascensionnelle. J'observai intensément cette image en me demandant si les moteurs s'ar-
rêteraient au moment où la tache atteindrait
le bord supérieur de l'écran.

Nous étions encore loin de cette étape lorsqu'une série de courtes explosions se produisit, communiquant un léger frémissement à l'engin. Je vécus un instant d'anxiété en m'imaginant que quelque chose n'allait pas. Je compris ensuite ce qui venait d'arriver. Nos nourrices de carburant avaient été mises à sec et on venait de procéder à la destruction des attaches qui les maintenaient en place. Les réservoirs devenus inutiles dégringolaient derrière nous et s'en allaient terminer leur course par un plongeon dans le Pacifique, quelque part dans la grande mare entre Tahiti et l'Amérique du Sud.

Finalement, le tonnerre des rockets diminua et la sensation de pesanteur commença à s'estomper. L'appareil se plaçait dans son orbite définitive, à huit cents kilomètres au-dessus de l'Equateur. Les moteurs avaient rempli leur tâche et ne servaient plus maintenant qu'aux derniers réglages de direction.

Le silence revint dès que les propulseurs eurent été complètement stoppés. Je pus encore percevoir la légère vibration des pompes alors qu'elles ralentissaient avant l'arrêt total, mais il n'y avait plus de bruits d'aucune sorte à l'intérieur de la petite cabine. Le vacarme des rockets m'avait presque entièrement assourdi et je dus attendre plusieurs minutes avant d'entendre de nouveau correctement.

Le pilote terminait la vérification de ses instruments. Il se leva de son siège. Médusé, je le regardai flotter vers moi.

— Il te faudra un certain temps pour t'habituer à cela, dit-il en débouclant mes sangles de sûreté. Voici une chose dont il faut bien te rappeler : toujours se mouvoir doucement et ne jamais lâcher un appui avant de s'en être assuré un autre, compris ?

Je me levai avec précaution. Je pus tout juste agripper la couchette pour m'empêcher de monter tout droit au plafond. (Bien sûr, le plafond n'était plus vraiment le plafond. « Haut » et « bas » n'avaient plus de signification et le poids avait cessé d'exister. D'une simple poussée légère, je pouvais me déplacer où je voulais).

C'est une chose bizarre, mais, même de nos jours, il y a des gens qui ne comprennent pas cette question de « l'impondérabilité ». Ils s'imaginent que cela a quelque chose à voir avec le fait de se trouver « en dehors de l'attraction de la gravité ». C'est un non-sens, bien entendu. A huit cents kilomètres d'altitude, sur une base interplanétaire ou à l'intérieur d'une fusée, la gravité est presque aussi puissante qu'elle l'est sur la Terre. La raison pour laquelle vous vous sentez impondérable n'est pas due au fait que vous vous trouvez en dehors de la gravité, mais au fait que vous avez cessé de résister à son attraction. Vous pourriez très bien ressentir cette impression sur la Terre, à l'intérieur d'une cage d'ascenseur tombant en chute libre et aussi longtemps que cette chute durerait. Une base interplanétaire ou une fusée sidérale qui accomplit une orbite est une sorte de chute permanente, une « chute » qui peut durer éternellement parce qu'elle n'est pas dirigée vers la Terre mais *autour* d'elle.

— Et maintenant, attention ! me lança le pilote. Je n'ai pas envie que tu viennes te casser la tête sur mon tableau de bord ! Si tu veux jeter un coup d'œil par le hublot, cramponne-toi à cette courroie.

Je fis ce qu'il me disait et je me penchai vers la minuscule fenêtre dont l'épais plastique était tout ce qui me séparait du néant.

Chacun connaît l'aspect que présente la Terre vue de l'Espace. C'est un spectacle que nous avons souvent vu au cinéma et je ne perdrai pas mon temps à le décrire. A dire vrai, il n'y avait pas grand-chose à contempler, car mon champ de vision était rempli presque en entier par l'océan Pacifique. En dessous de moi se trouvait une nappe d'un azur étonnamment profond, qui se fondait en un bleu brumeux aux limites de la perception. Je demandai au pilote à quelle distance se trouvait l'horizon.

— A peu près à trois mille kilomètres, me répondit-il. Tu peux voir la plus grande partie de la route qui mène d'une part à la Nouvelle-Zélande et d'autre part à Hawaii. Pas mal comme vue, n'est-ce pas ?

A présent que j'étais habitué à l'échelle des distances, je pouvais distinguer certaines îles du Pacifique dont les récifs de corail apparaissaient très clairement, du moins pour la plupart. Très loin vers ce que j'imaginais être l'ouest, la couleur de l'océan tournait brusquement du bleu au vert éclatant. Je réalisai que j'étais en train de contempler les immenses terres marines qui nourrissent le continent asiatique, ces terres qui recouvraient à présent une partie appréciable de tous les océans tropicaux.

La côte de l'Amérique du Sud était en vue lorsque le pilote entreprit de préparer l'atterrissage sur la Station Intérieure. (Je sais que le mot « atterrissage » paraît bizarre, mais c'est

le terme qui est habituellement employé. Ici,
dans l'Espace, il y a un tas de mots ordinaires
qui ont un sens complètement différent). J'étais
encore penché au-dessus du petit hublot quand
je reçus l'ordre de regagner ma place. Il ne
fallait pas courir le risque d'être catapulté d'un
bout à l'autre de la cabine au cours des manœuvres d'arrivée.

L'écran de T.V. n'était plus maintenant qu'un
rectangle noir, avec une minuscule étoile double qui brillait aux environs de son centre.
Nous étions à peu près à cent soixante kilomètres de la Station et nous la dépassions légèrement en vitesse. Les deux étoiles se mirent
à briller avec plus d'éclat, cependant que la
distance qui les séparait augmentait. Quelques
obscurs satellites supplémentaires apparurent,
dispersés autour des deux étoiles centrales. Je
savais que j'avais devant les yeux les fusées
qui étaient « au port » à ce moment même, en
train de faire le plein en carburant ou soumi-
ses à la révision obligatoire.

Tout à coup, l'une de ces pâles étoiles se
remplit d'une lumière éclatante. A cent cinquante kilomètres de nous environ, une fusée appartenant à cette petite escadre venait
d'actionner ses propulseurs et fonçait dans
l'Espace. Je demandai une précision au pilote.
Il me répondit :

— Ça doit être l'« Alpha Centaure » en partance pour Vénus. Cette sacrée vieille fusée !
Il serait temps tout de même qu'on la rem-
place. Maintenant, laisse-moi m'occuper de la
manœuvre. Ici, c'est un travail que les ro-
bots ne peuvent pas faire.

La Station Intérieure n'était plus qu'à quelques kilomètres quand nous commençâmes à

appliquer le système de freinage. Un sifflement suraigu jaillit des réacteurs de direction situés à l'avant et, l'espace d'un instant, la sensation de pesanteur revint. Elle ne dura que quelques secondes : nous avions alors retrouvé la vitesse convenable concordant avec celle de la base et nous étions mêlés à ses autres satellites flottants.

Prenant soin de demander l'autorisation au pilote, je quittai ma couchette pour gagner de nouveau le hublot. La Terre était à présent de l'autre côté de l'appareil et je n'avais vue que sur les étoiles — et sur la Station. C'était un spectacle tellement stupéfiant que je dus regarder pendant une bonne minute avant de réaliser ce que je voyais. C'est alors que je compris le but de ce test d'orientation que les docteurs m'avaient fait passer...

Ma première impression de la Station Intérieure fut celle d'un chaos complet. A un peu plus d'un kilomètre de notre fusée flottait dans l'Espace un gigantesque treillis de poutrelles dont la forme d'ensemble faisait penser à un disque plat. Çà et là, sur la surface de cette roue géante, se trouvaient des constructions sphériques de différentes tailles, reliées entre elles par des conduits assez larges pour laisser passer un homme. La plus grosse de toutes les sphères reposait au centre du disque et sa coque, percée de nombreux petits hublots, était hérissée de dizaines d'antennes de radio dirigées dans toutes les directions.

Plusieurs fusées — dont quelques-unes complètement démantelées — étaient rattachées au grand disque à différents endroits. Elles ressemblaient beaucoup — pensai-je — à des mouches prises dans une toile d'araignée. Des hommes bizarrement équipés s'affairaient autour d'elles et mes yeux recevaient parfois la lueur aveuglante de la flamme d'une lampe à souder.

D'autres fusées stationnaient librement dans l'espace environnant la Station, sans être apparemment disposées selon un ordre défini. Quelques-unes étaient des vaisseaux ailés, aux lignes aérodynamiques, assez semblables à l'appareil qui venait de me transporter depuis la Terre. Les autres formaient la flottille des véritables cargos de l'Espace, assemblés ici même, à l'extérieur de l'atmosphère, et destinés aux croisières régulières de planète à planète. C'était d'étranges constructions sans luxe, mais d'une évidente robustesse, et qui comportaient une chambre sphérique destinée à l'équipage et aux passagers, et des réservoirs de dimensions plus vastes pour le carburant. Bien entendu, il n'y avait aucune recherche d'aérodynamisme : la cabine, les réservoirs et les moteurs étaient simplement réunis ensemble par des entretoises. A la vue de ces appareils, je ne pus m'empêcher de songer à ces vieilles revues illustrées qui m'étaient tombées un jour sous la main et où j'avais pu voir la conception que se faisaient nos grands-pères des fusées interplanétaires. On n'y voyait que de luisants projectiles à ailettes, des engins qui avaient plutôt l'aspect de bombes. Les auteurs de ces dessins auraient été choqués par la réalité. En fait, ils n'auraient probablement jamais reconnu nos machines actuelles comme étant la matérialisation réelle de leurs essais d'anticipation.

J'étais en train de me demander de quelle

façon nous allions pénétrer dans la Station,
lorsque quelque chose entra dans mon champ
de vision. C'était un petit cylindre, tout juste
assez gros pour contenir un homme. Il contenait effectivement un homme, dont je pus distinguer la tête à travers les parois de plastique recouvrant une des extrémités de l'appareil. De longs bras articulés émergeaient du
corps de la machine qui traînait un mince câble derrière elle. J'apercevais à peine le brouil-
lard de l'échappement du minuscule moteur
à réaction qui propulsait cette fusée indivi-
duelle.

L'opérateur avait dû se rendre compte que
je le regardais, car il me sourit en passant. Une
minute plus tard, la coque de notre fusée re-
tentissait d'un inquiétant bruit métallique. Le
pilote se mit à rire de ma frayeur.

— C'est le câble de remorque qu'on accro-
che ; c'est un procédé magnétique, vois-tu.
Nous commencerons à bouger dans une minute.

Et alors, sous l'effet de la plus frêle des re-
morques, notre appareil commença à pivoter
jusqu'à ce qu'il se trouvât en position parallèle avec le grand disque de la Station. Le câble avait été attaché par le milieu de la fusée
et la Station nous hâlait à présent comme un
pêcheur à la ligne retire un poisson de l'eau.
Le pilote pressa un bouton du tableau de bord
et notre train d'atterrissage s'abaissa dans un
vrombissement de moteur. Ce n'était pas du
tout une manœuvre qu'on s'attendait à voir
pratiquer dans l'Espace, et pourtant l'idée en
était aussi simple que judicieuse. Les amortis-
seurs de choc nous permirent d'entrer sans
heurt en contact avec la charpente d'acier.

Nous étions tirés avec une telle lenteur qu'il nous fallut presque dix minutes pour accomplir le court trajet.

— Et voilà ! dit le pilote en souriant. J'espère que l'excursion t'a plu ? Mais peut-être aurais-tu préféré un peu de sensation ?

Le voyage était terminé. Je regardai le pilote avec méfiance, me demandant s'il se payait ma tête.

— C'était suffisamment passionnant, dis-je. Je vous remercie. Mais de quel genre de sensation voulez-vous parler ?

— Eh bien, qu'aurais-tu dit de quelques météores, d'une attaque par des pirates, d'une invasion provenant de l'espace extérieur ou d'une autre aventure comme tu en lis dans les magazines de fiction ?

— Je ne lis que des ouvrages sérieux, tels que « l'Introduction à l'Astronautique », de Richardson, ou « Astronefs Modernes », de Maxwell.

— Je ne te crois pas ! répliqua-t-il vivement. Personnellement, j'en lis, des livres et des revues de « science-fiction », et je suis sûr que tu en fais autant. Ce n'est pas la peine de m'en faire accroire.

Naturellement, il avait raison. Ce fut là la première leçon que je reçus sur la Station. Tous les hommes qui étaient ici avaient été sélectionnés aussi bien pour leur intelligence que pour leurs connaissances techniques. Si vous vouliez jouer au plus malin avec eux, ils vous dépistaient rapidement.

Je me posais la question de savoir comment nous allions sortir de la fusée. Une série de claquements et de grattements retentit du côté de la soupape, suivie l'instant d'après par un sifflement d'air. Le son strident s'atténua lentement et bientôt, dans un léger bruit de succion, la porte intérieure de la soupape s'ouvrit.

— Souviens-toi de ce que je t'ai dit et n'avance que lentement, me rappela le pilote en ramassant son livre de bord. Il vaudrait mieux que tu t'attelles à ma ceinture, je te prendrai en remorque.

Ce n'était pas une entrée très brillante sur la Station, mais il était préférable de ne prendre aucun risque, et c'est de cette façon que je m'engageai dans le conduit flexible qui avait été fixé sur la paroi de notre appareil. Le pilote se catapulta d'un puissant coup de pied et je fus tiré à sa suite. Cela ressemblait assez à un apprentissage de la nage sous-marine. En fait, cela y ressemblait tellement que je fus pris de panique à l'idée que j'allais me noyer si j'essayais de respirer.

Nous débouchâmes dans un large tunnel métallique qui devait être, selon moi, une des artères principales de la base. Des câbles et des tuyaux couraient le long des parois et, par intervalles, nous passions devant de grandes portes doubles sur lesquelles les mots « *Sortie de secours* » s'étalaient, peints en rouge. Je dus reconnaître que tout cela n'était pas très rassurant. Durant tout le trajet, nous ne croisâmes que deux personnes, qui, d'ailleurs, se déplaçaient comme l'éclair avec une facilité qui me remplissait d'envie. J'en conçus la détermination de devenir aussi habile que ces gens-là avant la fin de mon séjour.

— Je t'emmène auprès du commandant Doyle, expliqua le pilote. C'est lui qui est chargé de l'instruction ici ; il aura l'œil sur toi.

— Quel genre d'homme est-ce ? demandai-je.

— Ne t'en fais pas, tu t'en rendras compte assez tôt. Nous y voici.

Nous ralentîmes notre allure et nous stoppâmes devant une porte circulaire marquée de ces mots :

Commandant R. DOYLE
Instruction
Frapper et entrez

Le pilote frappa et entra, m'entraînant derrière lui comme un vulgaire sac de patates. Je l'entendis prononcer :

— Capitaine Jones au rapport, commandant, avec un passager.

Il me poussa alors devant lui et je vis l'homme auquel il venait de s'adresser.

Le commandant était assis à un bureau tout à fait ordinaire, ce qui était plutôt surprenant en ce lieu où rien ne semblait normal. Son aspect était celui d'un lutteur ; je crois que c'est l'homme le plus puissamment bâti que j'aie jamais vu. Ses deux bras immenses couvraient la plus grande partie de son bureau devant lui et je me demandai où il pouvait bien trouver des vêtements à sa mesure, avec ses épaules qui devaient pour le moins avoir un mètre vingt de large.

Tout d'abord, je ne distinguai pas très bien son visage, car il était penché sur des papiers. Il releva la tête et je me trouvai face à face avec une gigantesque barbe rouge et deux énormes touffes de sourcils. Il me fallut quelque temps avant de pouvoir détailler le reste de ses traits, car une vraie barbe était une chose si rare de nos jours que je ne pouvais m'empêcher d'y porter toute mon attention. C'est alors que je réalisai que le commandant **Doyle** avait dû avoir un accident quelconque, à voir la cicatrice qui courait diagonalement en plein milieu de son front. En tenant compte de l'extrême habileté avec laquelle opéraient les chirurgiens esthétiques modernes, le fait qu'une légère trace restât encore visible prouvait suffisamment que son cas avait dû être exceptionnellement grave à l'origine.

Dans l'ensemble, ainsi que vous l'avez probablement déjà imaginé, le commandant **Doyle** n'était pas un très bel homme. N'empêche qu'il était étonnant, sans compter que la plus grosse surprise m'attendait encore.

— Ainsi, tu es le jeune Malcom, hein ? fit-il d'une voix plaisante et tranquille qui n'était pas la moitié aussi effrayante que son aspect. Nous avons pas mal entendu parler de toi. **O.K.**, capitaine Jones, je le prends en charge dès maintenant.

Le pilote salua et se retira dans une glissade. Pendant les dix minutes qui suivirent, le commandant Doyle me questionna attentivement, élaborant une image de ma vie et de mes antécédents. Je lui dis que j'étais né en Nouvelle-Zélande et que j'avais vécu pendant quelques années en Chine, en Afrique du Sud, au Brésil et en Suisse. Mon père étant journaliste, il changeait fréquemment de poste. Nous habitions le Missouri parce que ma mère était lasse de la montagne et voulait un peu de changement. Malgré cela, nous n'avions pas la prétention d'avoir beaucoup voyagé. si l'on considère la facilité avec laquelle les familles se déplacent de nos jours, et je n'avais pas seulement visité la moitié des pays que tous mes voisins semblaient connaître. C'était peut-

être là une des raisons qui étaient à la base de
ma volonté de m'en aller dans l'Espace, bien
que cette explication ne me fût jamais venue
auparavant.

Lorsqu'il eut fini d'écrire tout cela — en y
ajoutant des notes que j'aurais payé cher pour
lire — le commandant Doyle déposa le vieux
stylo démodé dont il se servait, et m'observa
pendant une minute comme si j'étais un animal étrange. Il tambourinait pensivement avec
ses grands doigts sur le bureau, des doigts
qui semblaient pouvoir se frayer un chemin à
travers le meuble lui-même sans trop de difficulté. Je n'étais pas tellement rassuré et, ce
qui n'arrangeait pas les choses, je m'étais dé-
collé du sol et je flottais de nouveau en l'air,
sans aucun appui. Il n'existait aucun moyen de
gagner un endroit quelconque, à moins de me
rendre ridicule en essayant de nager, ce qui
pourrait ou non être efficace. Le commandant
émit alors un petit gloussement et un vaste
sourire fendit son visage.

— Je crois que cela pourrait être très amusant, dit-il.

Alors que j'hésitais encore à lui demander
ce qu'il voulait dire, il poursuivit après avoir
jeté un coup d'œil sur des tableaux fixés au
mur derrière lui.

— Les cours de l'après-midi viennent de se
terminer. Je vais t'emmener voir les élèves.

Il se saisit alors d'un long tube de métal
qui devait être caché sous son bureau, et il
se projeta hors de son siège d'une simple
secousse de son puissant bras gauche.

Il opéra si rapidement qu'il me prit complètement par surprise. L'instant d'après, je réussis tout juste à étouffer un cri de saisissement.

Le commandant Doyle était à présent en entier devant moi, et je venais de comprendre qu'il n'avait pas de jambes.

*
**

Lorsque vous fréquentez une nouvelle école, ou que vous arrivez dans une région étrange, il y a toujours une période confuse, une période si pleine d'impressions nouvelles que vous ne vous la rappelez jamais clairement. Mon premier jour sur la Station de l'Espace fut de cette nature. Jamais auparavant autant d'événements n'étaient survenus dans ma vie à une telle cadence. Ce n'était pas seulement le fait de rencontrer des tas de gens inconnus de moi ; j'avais l'impression que je devais réapprendre complètement à vivre.

Au début, je me sentis aussi impuissant qu'un bébé. Je ne savais pas apprécier l'effort nécessaire à chaque mouvement. Bien que la pesanteur eût disparu, la force d'inertie subsistait et, s'il fallait une force pour mettre un objet en mouvement, une plus grande était nécessaire pour l'arrêter. C'est là où les « manches à balai » intervenaient.

Leur invention était due au commandant Doyle et leur nom provenait bien entendu de l'antique légende qui voulait qu'autrefois les sorcières chevauchassent des manches à balais. En tout cas, sur la Station, nous chevauchions bel et bien les nôtres, de manches à balai. Ils se composaient de deux tubes creux coulissant l'un dans l'autre par la compression et la détente d'un puissant ressort. L'un de ces tubes se terminait par un crochet, l'autre par un bourrelet de caoutchouc. C'était tout. Si vous vouliez vous déplacer, vous posiez l'extrémité caoutchoutée contre l'appui le plus

proche et vous poussiez. Le recul vous proje-
tait dans l'espace et, lorsque vous étiez parvenu à destination, vous laissiez le ressort absorber votre vitesse jusqu'à immobilisation totale. Essayer de s'arrêter en ne se servant que
des mains, c'était risquer une foulure des poignets.

Malgré tout, ce n'était pas aussi simple que
cela paraît, car, si vous n'y preniez point garde, vous pouviez très bien retourner tout droit
d'où vous veniez...

Je dus attendre longtemps avant de pouvoir
découvrir ce qui était arrivé au commandant.
Il devait sa cicatrice à un banal accident d'aviation, alors qu'il était jeune homme ; mais son
amputation était une autre histoire et avait
son origine dans sa première expédition sur
Mercure. Il paraissait avoir été un véritable
athlète et la perte de ses jambes avait dû lui
porter un coup plus pénible qu'à n'importe
quel autre homme. La raison de son exil sur
la Station était claire. C'était là le seul endroit où il n'était pas un infirme. A dire vrai,
grâce à ses bras puissamment développés, il
était probablement l'homme le plus agile de
toute la colonie sidérale. Il y habitait depuis
dix ans et ne retournerait jamais sur la Terre, où il serait condamné à végéter. Jamais
non plus il ne se rendrait sur d'autres stations
de l'Espace où la gravité existait, et personne
n'était assez stupide ou mal élevé pour lui sug-
gérer un tel voyage.

Il y avait environ une centaine d'hommes
à bord de la Station Intérieure, et, parmi eux,
dix apprentis à peine plus âgés que moi. Au
début, cela les ennuyait un peu de me voir
rôder autour d'eux, mais tout alla très bien

après la bagarre qui m'opposa à Ronnie Jordan, et ils m'acceptèrent comme l'un des leurs. Je vous raconterai cette histoire plus tard.

Le maître-apprenti était un grand Canadien paisible, nommé Tim Benton. Il ne parlait jamais beaucoup, mais, lorsqu'il ouvrait la bouche, tout le monde écoutait. Ce fut Tim qui m'apprit vraiment à connaître la Station Intérieure, après que le commandant Doyle m'eût laissé à sa charge avec quelques mots d'explication.

— Je suppose que tu sais ce que nous fabriquons là-dessus ? demanda Tim en guise d'ouverture, d'un ton dubitatif.

— Vous ravitaillez en carburant les fusées parties de la Terre et vous procédez à leur réparation ou à leur révision.

— Oui, c'est notre principal travail. D'autres stations plus éloignées ont un rôle encore plus compliqué, mais ne nous occupons pas d'elles pour l'instant. Il y a un point important que je ferais mieux d'éclaircir tout de suite : notre Station Intérieure se compose en réalité de deux parties séparées par plus de trois kilomètres. Viens donc jeter un coup d'œil...

Il m'attira près d'un hublot d'où ma vue plongea dans le Vide. Là, dans le champ des étoiles, et si proche qu'il me semblait possible de l'atteindre en étendant le bras, évoluait ce qui paraissait être un gigantesque volant. Il tournait lentement sur son axe et je pouvais voir le reflet des rayons solaires jouer sur ses hublots d'observation. Je ne pus m'empêcher de comparer sa lisse compacité avec la fragilité de la structure de poutrelles à claire-voie de la base qui me portait, ou plutôt où je flottais. Cette grande roue avait un pivot fait d'un

long et étroit cylindre qui prolongeait son centre et se terminait par agencement dont la
nature m'échappait. Une fusée manœuvrait
lentement à proximité.

— C'est la Station Résidentielle, m'expliqua
Benton d'un ton désapprobateur. Un vulgaire
hôtel ! Tu as remarqué qu'elle pivote ?...
J'ajouterai que pour cette raison, elle hérite
de la gravité normale de la Terre sur ses bords,
grâce à la force centrifuge. Nous n'y allons
presque jamais. Une fois qu'on a pris l'habitude de l'impondérabilité, la gravité devient un
ennui. En revanche, tous les passagers en provenance de Mars ou de la Lune y transitent. Il
ne serait pas très recommandé pour eux de se
rendre directement sur Terre après avoir vécu dans une zone de gravité beaucoup plus faible. C'est donc là qu'ils s'arrêtent pour se réac-
climater. Ils y entrent par le centre, où la gravité est nulle, et ils s'installent progressivement plus près des bords où règnent des conditions terrestres.

— Mais de quelle façon peuvent-ils y pénétrer, puisque le disque est en perpétuelle rotation ? demandai-je.

— Tu vois cette fusée qui se met en position ? Avec un peu d'attention, tu remarqueras
que le pivot de la base ne tourne pas. Il en est
empêché par un moteur qui agit en sens contraire du mouvement de rotation, de telle sorte qu'il reste bel et bien immobile. La fusée
peut s'y accoupler et y transférer ses passagers. Une fois l'opération terminée l'axe se re-
met peu à peu en mouvement jusqu'à atteindre la vitesse de rotation du disque. Ce n'est
qu'à partir de ce moment-là que les passagers
peuvent pénétrer à l'intérieur de la Station. Ça

paraît compliqué, mais ça marche très bien. Dis-moi si tu aurais trouvé une meilleure idée ?

— Est-ce que j'ai une chance de pouvoir y aller ? demandai-je.

— Ça pourrait se faire, mais je ne vois guère d'intérêt à cette visite. Autant se trouver sur Terre ! Et, d'ailleurs, c'est sa raison d'être.

Je n'insistai point, et il me fallut attendre les dernières heures de mon séjour pour pouvoir me rendre sur la Station Résidentielle qui ne flottait pourtant qu'à quelques kilomètres de là...

Ce devait être une bien rude corvée que de me servir de guide ; les trois quarts du temps il fallait me pousser ou me tirer. Je n'avais pas encore mes « jambes de l'espace ». Une ou deux fois même alors que je m'étais lancé trop vigoureusement, Tim arriva à temps pour m'empêcher de foncer en avant contre un obstacle. Heureusement qu'il était très patient. Finalement, j'attrapai « le coup » et je fus en mesure de me déplacer avec assez d'assurance.

Plusieurs jours s'écoulèrent avant que je puisse me targuer de me reconnaître au milieu du dédale de couloirs intercommunicants et de chambres pressurisées qui constituaient la Station Intérieure. Lors de ma première visite, je n'eus qu'une vue superficielle des ateliers, de l'équipement radio, de la génératrice, des turbines de conditionnement d'air, des dortoirs, des entrepôts et de l'observatoire. Quelquefois, on avait peine à imaginer que tout ce matériel était arrivé par l'espace et avait été monté à quelque huit cents kilomètres au-dessus de la Terre ! Je ne savais pas, avant que Tim n'en eût parlé par hasard, que la plus grande partie du matériel de la Station était

venue de la Lune. La faible gravité présidant
aux transports en provenance de cette planète rendait ces derniers beaucoup plus éco-
nomiques que ceux ayant une origine terrestre, malgré que la Terre fût infiniment plus
rapprochée.

Mon premier tour d'inspection se termina à
l'intérieur d'une des soupapes. Nous étions arrivés devant la grande porte circulaire sertie
dans ses coussinets de caoutchouc, la porte
qui menait au Vide. Fixés au mur, tout autour
de nous, se trouvaient des réacteurs indivi-
duels. Je les regardais avec envie car j'avais
toujours nourri l'ambition de me glisser dans
un de ces engins, qui me transformerait en
un monde minuscule et autonome.

— Croyez-vous que je pourrai en essayer un
une fois ? risquai-je.

Tim parut pensif, puis jeta un coup d'œil
sur sa montre.

— Je ne suis plus de service pendant une
demi-heure et j'ai envie d'aller rechercher un
outil que j'ai laissé à l'extérieur. Nous allons
sortir ensemble.

— Mais...

Je ravalai ma salive, mon enthousiasme dis-
paraissant d'un seul coup.

— N'y a-t-il pas de risque ? Est-ce qu'il ne
faut pas un long entraînement pour s'en servir ?

Il me regarda calmement.

— Tu n'as pas peur, je suppose ?

— Bien sûr que non !

— Eh bien, allons-y !...

Tim me montra comment il fallait faire
pour s'introduire dans l'appareil.

— C'est un fait, dit-il, qu'un bon entraînement est nécessaire pour savoir le manipuler. Mais je ne veux pas te laisser essayer. Tu n'as qu'à t'asseoir à l'intérieur et me suivre de près ; tu y seras en sécurité aussi longtemps que tu ne tripoteras pas les commandes. D'ailleurs, pour me tranquilliser là-dessus, je vais les bloquer.

Ces paroles me déplurent assez, mais je gardai le silence. Après tout, il était le chef.

Pour la plupart des gens, le terme d'« équipement pressurisé » évoque l'image d'un instrument ressemblant à un scaphandre dans lequel un homme peut marcher et se servir de ses bras. De tels appareils, il est vrai, sont utilisés en certains endroits comme sur la Lune par exemple. Mais sur les Stations de l'Espace où la gravité n'existe pas, vos jambes ne vous sont pas d'une grande utilité ; c'est pourquoi, pour vous mouvoir à l'extérieur, vous devez avoir recours à un petit système de propulsion par fusée.

Pour cette raison, la partie inférieure de l'engin ne formait qu'un cylindre rigide. Lorsque je me glissai dedans, je découvris que mes pieds ne pouvaient me servir qu'à manœuvrer des pédales de commande auxquelles je pris garde de ne pas toucher. Je m'assis sur le petit siège et constatai qu'une coupole transparente qui recouvrait le haut du cylindre me donnait une bonne visibilité. Et je pouvais effectivement employer mes bras et mes mains. Juste au-dessous de mon menton se trouvait un minuscule tableau de bord comportant une série de petites manettes et quelques cadrans. Si je désirais manipuler un objet au-dehors, j'avais à ma disposition des manchons flexibles à l'intérieur desquels je pouvais introduire mes bras. Ils se terminaient par des gantelets qui, bien que d'aspect massif, permettaient de mener à bien les plus délicates opérations.

Tim manœuvra certaines commandes de mon appareil et rabattit la coupole transparente sur ma tête. J'eus l'impression d'être enfermé dans un cercueil percé d'une fenêtre. Il choisit ensuite un équipement pour lui-même et le relia au mien par une mince corde en nylon.

La porte intérieure de la soupape se referma derrière nous avec un bruit mat et je pus percevoir la vibration des pompes qui ramenaient l'air dans la Station. Les manchons de mon appareil commencèrent à se raidir légèrement. Tim m'appela et sa voix m'arriva, toute déformée à travers le casque.

— Je ne brancherai pas la radio pour l'instant, dit-il. Tu dois encore pouvoir m'entendre, écoute.

Il procéda alors à l'essai habituel et familier des techniques de la radio.

— Un, deux, trois, quatre, cinq...

Aux environs de « cinq », sa voix se mit à faiblir. Lorsqu'il atteignit « neuf », je ne saisis plus rien du tout, bien que ses lèvres fussent toujours agitées d'un mouvement. Il n'y avait plus suffisamment d'air autour de nous pour porter les sons. Ce silence était très inquiétant, et je me sentis soulagé lorsque le haut-parleur de mon appareil commença à vibrer.

— J'ouvre maintenant la porte extérieure. Ne fais aucun mouvement, je me charge de tout.

Au milieu de ce calme étrange, la grande

porte s'ouvrit lentement vers l'intérieur. Je
flottais tout à fait librement à présent et je
sentis une légère poussée au moment où les
dernières traces d'air s'éjectaient dans l'Espace. Un cercle d'étoiles se découvrit à ma vue
tandis que j'apercevais, sur un côté, la silhouette brumeuse de la Terre.

— Prêt ? demanda Tim.

— O.K., répliquai-je, espérant que le micro
ne trahirait pas ma nervosité.

Le fil de traction donna une légère secousse lorsque Tim mit ses propulseurs en route,
et nous glissâmes hors de la soupape. C'était
une terrifiante sensation, mais que je n'aurais
voulu manquer pour rien au monde. Bien que
les mots « haut » et « bas » n'eussent naturellement aucune signification ici il me sembla
que j'émergeais par un trou d'un grand mur
de métal surplombant la Terre d'une immense
altitude. Ma raison avait beau me dire que
j'étais parfaitement en sécurité, cela n'empê-
chait pas mon instinct de crier : « Tu as un
vide de huit cents kilomètres d'épaisseur sous
tes pieds ! »

Effectivement, alors que la Terre remplissait la moitié du ciel, il était difficile de ne pas
penser qu'elle était « en bas ». Dans la clarté
du soleil, nous passâmes au-dessus de l'Afrique et je pus distinguer le Lac Victoria et les
grandes forêts du Congo. Qu'auraient pensé
Stanley et Livingstone, s'ils avaient su qu'un
jour les hommes traverseraient le Continent
Noir à la vitesse éclair de trente mille kilomètres à l'heure ? Et pourtant, l'époque de
ces grands explorateurs n'était qu'à deux cents
ans derrière nous. Ces deux siècles avaient
véritablement connu d'immenses progrès...

La vision de la Terre était fascinante, mais je trouvais qu'elle m'étourdissait ; aussi pivotai-je dans mon appareil pour me concentrer sur la Station. Tim nous en avait déjà éloignés d'une certaine distance et nous étions presque dans le halo des fusées à l'arrêt. J'essayait de tout oublier de notre planète, et, puisque je ne pouvais plus la voir à présent, il me parut assez naturel de considérer la Station comme étant « le bas ».

C'est une particularité que chacun doit apprendre dans l'Espace. Vous vivrez probablement au milieu d'une terrible confusion jusqu'à ce que vous ayez décidé que le « bas » était quelque part. L'important est de choisir la direction la plus convenable, selon ce que vous êtes en train de faire à ce moment-là.

Tim nous avait donné une vitesse suffisante pour nous permettre d'accomplir notre petit voyage en un temps raisonnable ; aussi, après avoir stoppé les propulseurs, me désigna-t-il des vues au passage, tandis que nous continuions à progresser sous l'effet de l'élan. La vue plongeante sur la Station complétait l'image que je m'en étais faite lors de mon exploration intérieure et je commençais à avoir l'impression d'être réellement en pleine initiation.

Le bord extérieur de la base était un simple réseau de poutrelles suspendu dans l'Espace. Çà et là se trouvaient de larges cylindres, qui étaient des ateliers pressurisés, assez vastes pour contenir deux ou trois hommes, et destinés à tous les travaux qui ne pouvaient se pratiquer dans le Vide.

Une fusée, dont la coque était presque entièrement démontée, flottait près du bord de la Station, amarrée par une paire de cordes qui, sur Terre, auraient à peine été suffisantes pour suspendre un homme. Plusieurs mécaniciens, vêtus d'équipements semblables au nôtre, s'affairaient autour. Je souhaitais pouvoir entendre leur conversation pour savoir ce qu'ils fabriquaient, mais nous étions sur une longueur d'onde différente.

— Je vais te laisser là une minute, dit Tim en déliant le filin d'attache et en le fixant à la poutrelle la plus voisine. Ne bouge pas jusqu'à ce que je revienne...

Je me sentais un peu ridicule, flottant ainsi comme un ballon captif, et je fus heureux que personne ne parût faire attention à moi. En attendant, j'expérimentai les doigts de mon appareil, mais j'essayai sans succès de faire un simple nœud avec mon câble. J'appris par la suite que ce genre d'exercice était possible, mais qu'il demandait une bonne dose de pratique. Il n'était pas moins vrai que les mécaniciens manipulaient leurs outils sans gêne apparente, malgré les gantelets.

Soudain l'obscurité commença à nous envelopper. La Station et les fusées qui flottaient à ses côtés avaient été baignées jusqu'alors par un soleil si ardent que j'en évitais de regarder dans sa direction. Mais, à présent, l'astre du jour passait derrière la Terre tandis que nous pénétrions du côté de la planète où régnait la nuit. Je tournai la tête et j'eus devant les yeux une vue si splendide qu'elle m'en coupa littéralement le souffle. La Terre était maintenant un immense disque sombre qui éclipsait les étoiles ; tout au long d'un de ses

bords resplendissait un magnifique croissant
de lumière dorée qui se rétrécissait à vue d'œil.
Ce que je pouvais contempler là, c'était la ligne du soleil couchant qui s'étendait sur des
milliers de kilomètres à travers l'Afrique. En
son centre brillait un grand halo d'or éblouis-
sant ; une étroite portion de soleil y était
encore visible. Elle décrût et s'évanouit bientôt, cependant que la lueur cramoisie du couchant se resserrait rapidement à l'horizon
avant de disparaître elle aussi. Toute cette mé-
tamorphose ne dura pas plus de deux minutes, et les hommes qui travaillaient autour de
moi n'y prêtèrent pas la moindre attention. Il
est vrai qu'avec le temps on s'habitue aux spec-
tacles les plus merveilleux, d'autant plus que
la Station accomplissait le tour de la Terre si
rapidement que le coucher du Soleil se produisait toutes les cent minutes...

L'obscurité n'était jamais complète, grâce à
la Lune qui était à moitié pleine ; elle ne paraissait ni plus brillante ni plus proche que
vue depuis la Terre. Et le ciel était si bourré
de millions d'étoiles scintillant toutes d'un
éclat si soutenu, sans la moindre trace de cli-
gnotement, que je me demandai comment on
avait jamais pu aller parler de la « noirceur »
de l'Espace.

J'étais si occupé à rechercher d'autres planètes (sans les découvrir, d'ailleurs) que je
me rendis compte du retour de Tim que lorsque mon filin de remorque commença à se
tendre. Nous revînmes lentement vers le centre de la Station, dans un silence total qui
semblait à peine réel. Je fermai les yeux pen-

dant une minute, mais la scène n'avait pas
changé quand je les rouvris. Il y avait toujours
le grand disque noir de la Terre — non, pas
tout à fait noir, puisque je pouvais distinguer
le reflet des océans dans le clair de lune. La
même lumière faisait luire les minces poutrelles tout autour de moi comme les fils d'une
toile d'araignée fantomatique saupoudrée de
myriades d'étoiles.

C'est à ce moment-là que je réalisai vraiment
que j'avais enfin découvert l'Espace et que tout
le reste n'aurait jamais plus, à mes yeux, la
même signification.

CHAPITRE III

— Et maintenant, sais-tu quel était notre
principal ennemi sur la Station n° 4 ? demanda Norman Powell.

— Non, répondis-je.

— Les souris ! s'exclama-t-il d'un ton solen-
nel. Tu me croiras si tu veux ! Quelques-unes
s'étaient échappées du laboratoire de biologie et, avant que l'on sache ce qu'elles étaient
devenues, elles avaient envahi toute la place !

— Je n'en crois pas un mot, interrompit
Ronnie Jordan.

— Elles étaient si petites qu'elles pouvaient
s'infiltrer dans toutes les cheminées d'aéra-
tion, poursuivit Norman, imperturbable. Vous
pouviez les entendre danser une joyeuse sara-
bande en appliquant votre oreille contre les

parois. Elles n'avaient pas besoin de creuser
des trous, puisque chaque cellule leur en four-
nissait une douzaine qui étaient tout prêts.
Vous pouvez imaginer ce travail qu'elles firent
dans la ventilation ! Mais, finalement, nous
en sommes venus à bout, et savez-vous comment ?

— Vous avez emprunté un couple de chats.

Norman adressa un regard supérieur à Ronnie.

— Nous avons essayé, c'est vrai. Mais les
chats n'aiment pas la gravité zéro. Ils ne convenaient pas du tout : les souris se moquaient
d'eux. Non, nous avons eu recours à des hiboux. Si vous les aviez vus se précipiter ! Leurs
ailes fonctionnaient toujours aussi bien, naturellement, et ils firent les exploits les plus
fantastiques. Il leur suffit de quelques mois
pour se débarrasser des souris.

Il soupira.

— Le problème fut alors de se débarrasser
des hiboux. Nous y sommes parvenus en...

Je ne sus jamais comment, car les garçons
en avaient assez des histoires de Norman et
ils se mirent à le chahuter en chœur. Il disparut au milieu d'un joyeux cercle de corps tournant avec tapage autour de la cabine. Seul Tim
Benton, qui ne se mêlait jamais à ce genre de
démonstration vulgaire, continua à étudier
tranquillement, ce que d'ailleurs tous les autres
étaient censés faire.

Les apprentis se réunissaient chaque jour
dans la salle de classe pour entendre une conférence du commandant Doyle ou de l'un des
officiers techniciens de la Station. Le commandant m'avait proposé d'assister à ces cau-
series, et une proposition de sa part n'était

pas tellement différente d'un ordre. Il pensait que je pouvais en retirer quelques connaissances utiles, ce qui était assez logique. Mais je ne comprenais qu'une partie des leçons et je passais le reste du temps à lire des livres. Ces livres, d'un poids ultra-léger, provenaient de la base.

Après la classe, il y avait un « temps libre » de trente minutes ; les garçons ne manquaient jamais de parler de leur travail et des expériences qu'ils avaient eues dans l'Espace. Quelques-uns parmi eux étaient là depuis deux ans et n'avaient effectué depuis cette date que de brefs séjours sur la Terre.

Bien sûr, beaucoup des histoires qu'ils me racontaient étaient, je dois le dire, légèrement exagérées. Norman Powell, notre éternel comique, essayait toujours de me faire marcher. Au début, j'étais parfois tombé dans le panneau ; mais j'avais maintenant appris à être prudent...

Je me rendis également compte qu'il existait des tas de farces et de plaisanteries qui pouvaient se pratiquer dans l'Espace. Un de ces tours-ci ne demandait rien de plus qu'une simple allumette. Nous étions en classe, un certain après-midi, lorsque Norman se tourna d'un seul coup vers moi et me dit :

— Sais-tu de quelle façon nous éprouvons l'air pour savoir s'il est respirable ?

— S'il ne l'était pas, je suppose que tu le sentirais vite ! répliquai-je.

— Pas du tout, tu peux être étourdi trop rapidement pour pouvoir réagir. Mais il existe un système simple qui est employé sur Terre depuis des siècles, dans les mines et dans les grottes. Tu n'as qu'à promener une flamme de-

vant toi et, si elle disparaît, tu n'as plus qu'à
disparaître toi aussi et aussi vite que tu le
peux !

Il fouilla dans sa poche et en retira une
boîte d'allumettes. Je fus légèrement surpris
de constater la présence d'un objet aussi démodé à bord de la Station.

— Ici, naturellement, poursuivit Norman,
la flamme brûlera normalement. Mais si l'air
était défectueux, elle s'éteindrait tout de suite.

Il frotta d'un air machinal l'allumette sur la
boîte et la mince tige de bois s'alluma. Une
flamme se forma autour de l'extrémité et je
me penchai sur elle pour la surveiller attentivement. C'était une flamme très bizarre,
d'une forme entièrement sphérique au lieu
d'être longue et pointue. Au bout d'un instant,
elle diminua et mourut devant mes yeux...

Il est curieux de voir comment l'esprit tra-
vaille. J'avais respiré très normalement jusqu'alors, mais il me sembla d'un seul coup que
je suffoquais. Je regardai Norman et dis ner-
veusement :

— Essaie donc avec une autre, celle-là devait
être défectueuse.

Complaisamment, il en frotta une deuxième,
qui expira aussi rapidement que la première.

— Sortons d'ici, dis-je en haletant. Le puri-
ficateur d'air a dû se bloquer.

Je vis alors que les autres se payaient ma
tête.

— Ne t'inquiète pas, Roy, dit Benton. L'explication est simple.

Il prit la boîte des mains de Norman.

— L'air est parfaitement respirable. Mais,
si tu réfléchis bien, tu comprendras qu'il est

impossible qu'une flamme puisse brûler ici.
Puisque la gravité n'existe pas et que toute
chose reste immobile, la fumée ne s'élève pas
et la flamme s'étouffe d'elle-même. La seule
façon de l'entretenir est celle-ci.

Il frotta une autre allumette, mais, au lieu
de la maintenir immobile, il la déplaça en l'air.
Laissant un filet de fumée derrière elle, elle
brûla jusqu'à son extrémité.

— En pénétrant continuellement dans une
nouvelle zone d'air frais, la flamme ne peut
s'étouffer avec des gaz brûlés. Et si tu crois
que ce n'est là qu'un tour amusant sans importance sur le plan pratique, tu te trompes.
En effet, nous sommes obligés de maintenir
l'air de la Station perpétuellement en mouvement, sans quoi nous suivrions bientôt le chemin de cette flamme. Norman, veux-tu bran-
cher de nouveau les ventilateurs à présent que
ta petite plaisanterie est terminée ?

Plaisanterie ou pas, ce fut une leçon très efficace et qui renforça ma résolution d'obtenir
ma revanche sur Norman un de ces jours. Non
pas que j'eusse de l'aversion pour lui, mais
son sens de l'humour commençait à m'exas-
pérer.

Quelqu'un poussa une exclamation de l'autre côté de la pièce.

— Le « Canopus » s'en va !

D'un même élan, nous étions tous arrivés
auprès de la petite fenêtre circulaire pour voir
ce qui se passait à l'extérieur. Il me fallut un
certain temps avant de pouvoir distinguer la
moindre des choses, mais je m'arrangeai pour
m'infiltrer en avant et je pus bientôt coller
mon nez contre l'épais plastique du hublot.

Le « Canopus » était le plus gros vaisseau de

la ligne de Mars. Il était immobilisé depuis plusieurs semaines pour subir la révision habituelle. Depuis ces deux derniers jours, le carburant et les passagers montaient à bord. L'appareil avait déjà dérivé et était à présent séparé de la base par une distance de plusieurs kilomètres. Comme la Station Résidentielle, le « Canopus » pivotait lentement pour donner à ses passagers l'impression de la gravité. Il avait plutôt la forme d'un gâteau géant, les cabines et les quartiers de séjour formant un anneau autour des générateurs et des groupes moteurs. Au cours du voyage, la vitesse de rotation de l'astronef serait graduellement réduite, de telle sorte qu'en arrivant sur Mars, ses occupants seraient accoutumés à la gravité correcte. Pour le retour, exactement l'inverse se produirait.

Le départ d'une fusée hors d'une orbite n'est en aucune façon aussi spectaculaire qu'un envol de la Terre. Tout se passe dans le plus complet silence, naturellement, mais aussi selon un processus très lent. Il n'y a pas non plus de flammes ni de fumée. Tout ce que je pus apercevoir fut un mince jet de vapeur sortant des propulseurs. Les gigantesques ailettes de refroidissement commencèrent par tourner au rouge vif, puis au blanc, tandis que l'intense chaleur de l'énergie usée s'échappait des générateurs pour se déverser dans l'Espace. La masse de plusieurs milliers de tonnes du vaisseau prenait progressivement de la vitesse, mais il lui faudrait des heures avant qu'il ait atteint une rapidité suffisante pour échapper à la Terre. La fusée qui m'avait amené à la Station avait accompli sa traversée avec une vélocité cent fois supérieure à celle du

« Canopus », mais le grand astronef pouvait laisser travailler tranquillement ses propulseurs au ralenti, ce qui ne l'empêcherait pas d'arriver finalement à une vitesse de presque huit cents kilomètres-heure.

Au bout de quelques minutes, il était déjà à plusieurs kilomètres et, ayant gagné une accélération appréciable, il se dérobait à notre orbite pour foncer sur la voie qui menait à Mars. Je le contemplais avec voracité, me demandant quand j'aurais la possibilité d'accomplir une telle traversée. Norman avait dû déchiffrer mon expression car il se mit à rire et dit :

— Tu songes à embarquer clandestinement sur le prochain vaisseau ? Il vaudrait mieux que tu n'y penses pas, c'est irréalisable. Oh, je sais que c'est le truc favori des romans ! Mais ça n'arrive jamais dans la pratique, il y a trop de risques. Sais-tu ce qu'on fait d'un passager clandestin lorsqu'on en trouve un ?

— Non, dis-je, en essayant de ne pas montrer trop d'intérêt, car, pour dire la vérité, l'idée me préoccupait énormément.

Norman se frotta les mains de satisfaction.

— Eh bien, une personne de plus à bord signifierait autant de ravitaillement et d'oxygène en moins pour tous les autres, sans compter que les prévisions de consommation en carburant seraient faussées. C'est pourquoi on se débarrasse de l'intrus en le jetant purement et simplement par-dessus bord.

— Alors, il est vraisemblable que personne n'a jamais tenté l'aventure !

— Probablement. Et, d'ailleurs, un passager clandestin n'aurait pas la moindre chance

de réussir son coup. Il serait dépisté avant le
commencement de la traversée. Il n'y a pas
assez de place pour se cacher dans un astronef.

J'enregistrai ce renseignement ; il pourrait
me servir quelque jour peut-être.

La Station de l'Espace n° 1 était vaste, mais
les apprentis ne passaient pas tout leur temps
à son bord, ainsi que je le découvris rapidement. Ils disposaient d'une salle de club qui
devait être une chose unique, mais je dus attendre un certain temps avant d'être autorisé
à la visiter.

Pas très loin de la base se trouvait un véritable Musée de l'Astronautique, un cimetière
flottant d'astronefs qui avaient connu de
beaux jours avant s'être retirés du service. La
plupart d'entre eux avaient été dépouillés de
leurs instruments et n'étaient plus que des
squelettes. Sur Terre, évidemment, ils se seraient rouillés depuis longtemps ; mais, ici,
dans le Vide, ils resteraient éternellement
d'une brillance sans tache.

Parmi ces épaves figuraient de grands pionniers — le premier astronef parvenu sur Vénus, le premier à avoir atteint les satellites de
Jupiter, le premier à avoir fait le tour de Saturne. A la fin de leurs voyages, ils étaient
entrés dans une orbite de huit cents kilomètres autour de la Terre, et des fusées étaient
toujours là où elles avaient été abandonnées,
devenues inutiles à jamais.

Il y avait une exception : le « Morning Star ».
Comme chacun sait, c'est le « Morning Star »
qui a accompli la première circumnavigation
de Vénus, en 85. Mais peu de gens savaient
qu'il se trouvait à un excellent stade de répa-

ration. En effet, les apprentis l'avaient adopté, en avaient fait leur quartier général privé et s'étaient amusés à le remettre en état de marche. Ils pensaient que leur engin était aussi bon qu'un neuf et ils tentaient sans cesse d'« emprunter » suffisamment de carburant pour se permettre un petit voyage. Ils étaient très vexés que personne ne voulût leur en fournir officiellement.

Le commandant Doyle savait tout de cette histoire et il approuvait pleinement leur idée. Somme toute, c'était là un bon enseignement. Quelquefois même il se rendait sur le « Morning Star » pour voir comment les choses avançaient, mais il était généralement entendu que l'appareil était une propriété privée. Il fallait être muni d'une invitation pour être admis à bord. Ce ne fut pas avant quelques jours, alors que j'étais plus ou moins accepté comme un membre de la bande, que j'eus la chance de pouvoir me rendre sur le « Morning Star ».

C'était le plus long voyage que j'eusse jamais fait en dehors de la Station, car le « cimetière » se trouvait à environ huit kilomètres de là, se déplaçant dans la même orbite que la base mais un peu en avant.

Décrire le véhicule dans lequel nous fîmes la traversée, ce n'est pas commode. Il avait été construit avec des débris prélevés sur d'autres appareils et n'était en réalité rien de plus qu'un cylindre pressurisé assez vaste pour contenir une douzaine de personnes. Un groupe de propulseurs à faible puissance avait été boulonné à une extrémité. On y voyait aussi quelques propulseurs auxiliaires ajoutés pour la direction, une simple soupape, un poste de radio

pour garder le contact avec la Station, et c'était
tout. Cet étrange engin pouvait joindre le
« Morning Star » en dix minutes à peu près
et était capable d'une vitesse maximum de cinquante kilomètres à l'heure. Il avait été bapti-
sé « Alouette de l'Espace », un nom apparemment inspiré d'un vieux roman de science-
fiction.

L'« Alouette » était habituellement garée près
du bord extérieur de la Station, où elle ne
gênait personne. Lorsqu'on avait besoin d'elle,
quelques apprentis sortaient avec leur équipement, détachaient ses amarres et la remor-
quaient jusqu'à la prochaine soupape. Elle était
alors reliée à la base par un accouplement et
vous pouviez monter à bord par le couloir de
jonction, exactement comme si vous entriez
dans un véritable astronef.

Mon premier voyage à bord de l'« Alouette »
fut pour moi une expérience très différente
de celle que m'avait procurée ma traversée depuis la Terre. L'engin paraissait si délabré que
je m'attendais à le voir s'effondrer en morceaux à chaque instant ; en réalité, il avait
une marge de sécurité parfaitement raisonnable. Avec six d'entre nous à bord, la petite cabine se trouvait bondée et, lorsque les propulseurs entrèrent en action, la légère accélération nous fit tous refluer lentement vers l'arrière. La poussée était si faible qu'il me semblait peser environ une livre, ce qui faisait
un vrai contraste avec l'impression de l'envol
de la Terre, quand j'aurais juré peser une tonne ! Après une minute à peu près de cette pro-
gression tranquille, nous coupâmes les moteurs et nous continuâmes à évoluer librement
pendant dix autres minutes. Finalement, un

bref sursaut des propulseurs nous stoppa délicatement à destination.

La place ne manquait pas, à l'intérieur du « Morning Star » ! Après tout, il avait été le foyer de cinq hommes pendant presque deux ans. Leurs noms étaient encore là, grattés sur la peinture du poste de pilotage, et la vue de ces signatures reporta mon imagination à presque cent années en arrière, à l'époque des pionniers du vol interplanétaire, quand la Lune même était un nouveau monde et que personne n'avait encore réussi à atteindre d'autres planètes.

Malgré l'âge de l'appareil, à l'intérieur du poste tout était brillant et comme neuf. Les instruments de bord, autant que je pouvais en juger, auraient pu appartenir à un astronef de notre époque. Tim Benton donna une légère tape sur le tableau de bord :

— Aussi bon que du neuf, me dit-il avec un orgueil évident dans la voix. Je parierais de t'emmener sur Vénus n'importe quand !

J'appris à connaître les commandes du « Morning Star ». Naturellement, je pouvais manipuler ces manettes en toute sécurité, puisque les réservoirs étaient vides et qu'en pressant le bouton marqué « Commande Principale — Feu ! », le seul résultat était de faire s'allumer la lampe rouge. N'empêche que c'était enivrant de s'asseoir à la place du pilote et de rêvasser avec la main sur ces manettes...

Un petit atelier avait été installé juste à l'arrière des réservoirs principaux et quantité d'amateurs de modèles réduits s'y rendaient pour bricoler, de même que nombre de techniciens sérieux. Plusieurs apprentis avaient inventé des dispositifs qu'ils désiraient éprouver et ils s'assuraient qu'ils fonctionnaient en pratique avant d'aller plus loin. Karl Hasse, notre génie mathématique, essayait de construire un nouveau type d'appareil de navigation, mais comme il le cachait sitôt que quiconque s'en approchait, personne ne savait très bien en quoi il consistait.

J'appris plus de choses sur les astronefs en rôdant à l'intérieur du « Morning Star » qu'il ne m'avait été donné d'en comprendre au cours de lectures ou de conférences. C'est un fait que l'appareil était vieux de presque un siècle ; mais, bien que certains détails eussent été modifiés de nos jours, les principes généraux de construction avaient moins changé qu'on aurait pu s'y attendre. Les pompes, les réservoirs à carburant, les purificateurs d'air, les régulateurs de température ainsi que d'autres instruments étaient toujours indispensables. Leur conception pouvait avoir changé, mais le travail qu'ils avaient à fournir restait le même.

Les enseignements dont je profitai à bord du vieil engin n'étaient pas simplement techniques, loin de là ! C'est là que je terminai mon entraînement à l'impondérabilité ; c'est aussi là que j'appris à lutter en chute libre. Et cela m'amène à Ronnie Jordan.

Ronnie était le plus jeune des apprentis et avait à peu près deux ans de plus que moi. C'était un Australien d'origine. Un gars aux cheveux blonds, au caractère violent. Il était né à Sydney, mais il avait passé le plus clair de son temps en Europe. En conséquence, il parlait trois au quatre langues, passant parfois accidentellement de l'une à l'autre.

Il était d'un bon naturel, assez insouciant, et donnait l'impression qu'il ne s'était jamais parfaitement accoutumé à la gravité zéro et qu'il la considérait toujours comme une vaste blague. Quoi qu'il en soit, il essayait sans cesse de nouvelles combines, en construisant par exemple une paire d'ailes et en les éprouvant pour voir s'il pouvait voler avec. (Ce n'était pas brillant, mais peut-être ces ailes n'étaient-elles pas dessinées convenablement.) A cause de son tempérament agressif, il organisait toujours des luttes amicales entre les camarades, et je vous garantis que le spectacle d'un combat d'impondérables est fascinant.

La première difficulté, bien entendu, consiste à attaquer votre adversaire, ce qui n'est pas du tout facile s'il refuse de coopérer et s'il se propulse dans toutes les directions. En admettant qu'il se décide à jouer, d'autres problèmes se présentent. Tous les genres de boxes sont presque impossibles : le premier coup de poing vous enverrait nager à l'opposé l'un de l'autre. La seule forme de combat praticable, c'est la lutte. La partie commence généralement au moment où les deux adversaires se trouvent à mi-hauteur entre le parquet et le plafond, aussi loin que possible de tout objet solide. Ils s'attrapent par les poignets, leurs bras complètement étendus, et ensuite il est difficile de voir ce qui se passe exactement. L'air se remplit de membres épars et de corps animés d'un lent mouvement de rotation. Selon les règles du jeu, vous avez gagné si vous pouvez maintenir votre partenaire contre une cloison quelconque et compter jusqu'à cinq. C'est beaucoup plus difficile que ça ne le paraît, car il n'y a qu'à donner un bon coup de reins pour vous envoyer de nouveau voler tous les deux dans la pièce. Rappelez-vous que la pesanteur n'existe pas et que vous ne pouvez en aucune façon vous asseoir sur votre victime jusqu'à ce que votre poids l'épuise...

Mon premier combat avec Ronnie eut pour origine une discussion politique. Peut-être semble-t-il amusant qu'ici, dans l'Espace, les affaires politiques de la Terre revêtent une importance quelconque. D'une certaine manière, on ne s'en soucie pas, c'est-à-dire que le fait que vous soyez membre de la Fédération Atlantique, de l'Union Pan-Asiatique ou de la Confédération du Pacifique n'intéresse personne. Mais il y avait de nombreuses controverses sur le pays où il faisait meilleur vivre et, comme la plupart d'entre nous avaient de nombreux voyages à leur actif, chacun avait des idées différentes.

Un jour, donc, m'étant moqué de Ronnie parce qu'il racontait des histoires idiotes, il répondit :

— Ça, c'est une provocation !

Et, avant que j'aie réalisé ce qui se passait, je me trouvais acculé dans un coin tandis que Norman Powell comptait lentement jusqu'à dix, pour me donner une chance. Je ne pus m'échapper parce que Ronnie avait ses pieds plaqués fermement aux deux murs qui formaient le coin de la cabine.

Je fis un peu mieux la fois suivante, mais Ronnie gagna encore facilement. Non seulement il était plus fort que moi, mais surtout je n'avais pas sa technique.

A la fin, pourtant, je réussis à l'emporter. mais juste une fois. Je dus ma victoire à un plan méticuleux et peut-être aussi au fait que Ronnie était devenu trop confiant.

Je compris que si je le laissais m'emmener dans un coin j'étais perdu, car il userait de son coup favori de « l'étoile de mer » et il me verrouillerait en plaquant ses jambes contre les parois à l'endroit où elles se rejoignent. D'un autre côté, si je restais à découvert dans le milieu de la pièce, sa force supérieure et son adresse auraient tôt fait de me mettre dans une position défavorable. Il était donc indispensable de découvrir une façon de neutraliser ses avantages.

Je retournai le problème dans tous les sens et, finalement, je trouvai la solution. Je la répétai soigneusement sur le plan pratique (quand personne n'était là) car un réglage très soigneux était nécessaire.

Enfin, je me sentis prêt. Nous étions assis autour de la petite table fixée à une extrémité de la cabine du « Morning Star », l'extrémité qui était généralement considérée comme le plancher. Ronnie était en face de moi et nous discutions avec bonne humeur depuis un certain temps. Il était visible qu'un combat allait commencer d'une minute à l'autre. Quand l'Australien se mit à déboucler les attaches de son siège, je compris qu'il était temps de décoller...

Il venait tout juste de se dégager de ses lanières lorsque je criai :

— Viens me chercher ! tout en me propulsant tout droit vers le « plafond », à cinq mètres plus haut.

C'était la phase qui devait être réglée minutieusement. Ronnie s'élança une fraction de se-

conde derrière moi, dès qu'il eut jugé de ma
trajectoire.

En orbite libre, naturellement, une fois que
vous êtes projeté dans une direction donnée,
vous ne vous arrêtez plus avant de heurter un
objet quelconque. Ronnie comptait me rencontrer au « plafond », il ne s'attendait pas du
tout à me voir stopper à mi-course ! Or c'est
ce qui se passa, car mon pied était pris dans
une boucle de ficelle que j'avais consciencieu-
sement attachée au plancher. Je m'étais élevé
de deux mètres quand je m'arrêtai dans une
secousse. Il me fut ensuite aisé, en me hâlant,
de retourner d'où je venais. Bien entendu, Ronnie ne pouvait rien faire que continuer sur
sa lancée. Il fut si surpris en me voyant re-
brousser chemin qu'il pivota sur lui-même pour
tenter de comprendre ce qui s'était passé, et
heurta assez violemment le plafond dans un
bruit sourd. Il n'avait pas encore recouvré ses
esprits lorsque je m'élançai de nouveau, mais
cette fois sans la ficelle. Il était toujours désé-
quilibré quand j'arrivai sur lui comme un météore. Sa parade était impossible et je lui cou-
pai le souffle de tout mon poids. Ce fut un
jeu que de le maintenir plaqué ainsi jusqu'à
cinq. Norman compta même jusque dix sans
que mon adversaire donnât signe de vie. Je
commençais à me tracasser un peu, quand enfin il se remit à bouger...

Ce n'était peut-être pas une victoire fameuse,
et nombreux furent ceux qui prétendirent que
j'avais triché. Pourtant, je n'avais transgres-
sé aucun des articles du règlement.

L'ennui, c'est que je ne pouvais pas me servir de cette combine une deuxième fois, et
Ronnie trouva sa revanche au cours du com-

bat suivant. Mais, après tout, il était plus vieux que moi.

Les autres distractions n'étaient pas toutes aussi violentes. Nous jouions beaucoup aux échecs (avec des pions magnétiques), mais comme je n'y brillais pas, ils ne m'intéressaient pas beaucoup. La « natation » était à peu près le seul jeu où je gagnais toujours. Il ne s'agissait pas, naturellement, d'un exercice aquatique mais de « nage aérienne ».

C'était si fatigant que nous ne la pratiquions pas très souvent. Une assez grande pièce était nécessaire, dans laquelle les concurrents se rangeaient en flottant sur une même ligne, loin de tout mur. Il fallait alors atteindre le poteau d'arrivée en se débattant en l'air. Ça ressemblait assez à la natation ordinaire, mais en beaucoup plus dur et beaucoup plus lent. J'étais meilleur à ce jeu que tous les autres, ce qui est plutôt bizarre car je ne suis pas un nageur fameux.

Cependant, je ne dois pas vous donner l'impression que tout notre temps se passait à bord du « Morning Star ». Il y a beaucoup de travail pour chacun sur une station interplanétaire et c'est peut-être la raison pour laquelle le personnel profitait au maximum de ses heures de liberté. Un détail curieux, qui n'est pas très connu, c'est que nous disposions de plus d'occasions de nous distraire que vous ne le pensez, parce que nous n'avions besoin que de très peu de sommeil. C'est une des conséquences de la gravité zéro. Pendant tout mon séjour dans l'Espace, je ne crois pas avoir dormi plus de quatre heures d'affilée.

Je prenais garde de ne jamais manquer une seule des conférences du commandant Doyle,

même lorsque je désirais faire autre chose.
Tim m'avait fait comprendre avec tact que je
produirais une bonne impression si j'étais toujours présent. Il est vrai aussi que le commandant était un excellent orateur et que je
ne suis pas prêt d'oublier la causerie qu'il nous
fit sur les météores.

Quand j'y pense, je m'en amuse car je m'étais
imaginé que la conférence allait être assez monotone. L'entrée en matière fut plutôt intéressante, mais on ne tarda pas à s'embourber dans
des statistiques et des tableaux. Vous savez,
évidemment, ce que sont les météores : de petites particules de matière qui tourbillonnent
dans l'Espace et qui s'enflamment par la friction en entrant en contact avec l'atmosphère
de la Terre. Dans leur immense majorité, ils ne
sont guère plus gros que des grains de sable,
mais, quelquefois cependant, il y en a d'assez gros (pesant plusieurs livres) qui dégrin-
golent dans la couche atmosphérique. En de
très rares occasions, il arrive que des géants
de milliers de tonnes viennent s'écraser sur
notre planète, causant des dégâts locaux considérables.

Dans les premiers temps du vol interplanétaire, beaucoup de gens avaient la hantise des
météores. Ils ne réalisaient pas l'étendue in-
commensurable de l'Espace et ils s'imaginaient
que quitter la couverture protectrice de l'atmosphère équivalait à pénétrer sous le feu
nourri d'une mitrailleuse. Aujourd'hui, nous
en savons plus long. Les météores ne consti-
tuent pas un danger sérieux, mais il arrive
que certains de petite taille occasionnent des
dommages à des stations ou à des astronefs,
et il s'avère nécessaire d'y remédier.

Mon attention s'était égarée quand le commandant avait entamé le sujet des courants de météores en couvrant le tableau de calculs démontrant combien en réalité il existait peu de matières solides dans l'espace qui séparait les planètes. Cependant, mon intérêt s'éveilla lorsque le commandant commença à expliquer ce qui se produirait si jamais un météore venait à nous télescoper.

— Vous devrez vous souvenir, dit-il, qu'à cause de sa vitesse, un météore ne se comporte pas comme un objet animé d'un mouvement lent, telle une balle de fusil qui n'accomplit que seize cents mètres à la seconde. Si un petit météore heurte un objet solide — ne serait-ce qu'une feuille de papier — il se transforme en un nuage de vapeur incandescente. C'est une des raisons pour laquelle cette Station a reçu une double coque. La paroi extérieure nous assure une protection presque complète contre tous les météores que nous sommes susceptibles de rencontrer... Cependant, il existe une faible possibilité qu'un météore de forte taille transperce les deux parois et y pratique une assez large ouverture. Même cette éventualité n'aurait pas forcément un caractère grave. Bien entendu, l'air ne tarderait pas à se déverser dans le Vide, mais toute pièce qui comporte un mur vers l'extérieur est équipée de cet instrument-ci...

Il exhiba une plaque circulaire ressemblant assez à un couvercle de casserole cerclé d'un bourrelet de caoutchouc. J'avais très souvent aperçu ces disques peints d'un jaune vif et fixés aux parois de la Station, mais je ne leur avais jamais accordé beaucoup d'attention.

— Cela remédie à des percées ayant jusqu'à

quinze centimètres de diamètre. Tout ce que
vous avez à faire c'est de l'appliquer contre la
paroi, à proximité du trou, et de le glisser
jusqu'à ce qu'il ait recouvert la brèche. N'essayez pas de faire plaquer le disque directement sur le trou. Une fois en place, la pression
de l'air le maintiendra jusqu'à ce qu'une réparation définitive soit effectuée.

Il lança le disque au milieu de la classe.

— Jetez-y un coup d'œil et faites passer. Y
a-t-il des questions ?

J'aurais voulu demander ce qui arriverait si
la brèche avait plus de quinze centimètres,
mais je craignis que ma question ne fût considérée comme stupide. Je promenai mon regard autour de la salle pour voir si quelqu'un
avait l'intention de rompre le silence et je remarquai que Tim Benton n'était pas là. Il
n'avait guère l'habitude de s'absenter et je me
demandai ce qu'il était devenu. Peut-être était-
il en train d'apporter son aide à un travail urgent quelque part sur la Station.

Je n'eus pas l'occasion de m'inquiéter plus
longuement à son sujet car, à ce moment précis, retentit une violente explosion, littéralement assourdissante dans cet espace restreint.
Elle fut instantanément suivie par le hurlement aigu et terrifiant de l'air qui s'échappait
par le trou soudainement apparu dans la paroi de la salle de classe.

CHAPITRE IV

L'espace d'un instant, tandis que la fuite de l'air aspirait nos vêtements et nous attirait contre le mur, nous ne fûmes capables d'aucune réaction et nous dûmes nous contenter de regarder fixement la brèche informe qui balafrait la peinture blanche. Tout cela était arrivé si brusquement que je n'avais même pas eu le temps d'avoir peur : la peur vint plus tard...

Notre paralysie dura quelques secondes, puis tout le monde se précipita d'un seul mouvement. La plaque de colmatage se trouvait sur la table de Norman Powell et chacun se frayait un chemin vers elle. Il y eut un moment de confusion et de bousculade, puis Norman hurla plus fort que le sifflement de l'air :

— Place !

Il s'élança au milieu de la pièce et le courant l'attrapa comme un fétu de paille, le projetant contre la paroi. Impuissant et comme hypnotisé, je le regardais lutter contre l'aspiration de la brèche. Alors, aussi brusquement qu'il avait commencé, le mugissement de l'air cessa. Norman avait réussi à coller la plaque sur le trou.

Je me retournai pour connaître la réaction du commandant Doyle en face du danger. A ma stupéfaction, il était toujours assis paisiblement à son bureau et même il y avait un sourire sur ses lèvres... et un chronomètre dans sa main. Un terrible soupçon commença à s'infiltrer dans mon esprit, un soupçon qui devint une certitude au cours de l'instant suivant. Les autres se mirent à le regarder aussi et il y eut un long, un glacial silence. Alors Norman toussota et frotta son coude avec beaucoup d'ostentation à l'endroit où il se l'était meurtri contre la paroi. S'il avait pu simuler une claudication sous la gravité zéro, je suis sûr qu'il se serait mis à boiter en regagnant sa table. Une fois assis, il extériorisa ses sentiments. Empoignant la bande élastique qui maintenait son sous-main, il l'arracha et la jeta violemment dans un geste d'exaspération. Le commandant n'en continua pas moins à sourire.

— Désolé si t'es blessé, Norman, observa-t-il. Je dois toutefois te féliciter pour la rapidité avec laquelle tu as réagi. Il ne t'a fallu que cinq secondes pour arriver au mur, ce qui est très bien si on considère que tout le monde te barrait le chemin.

— Merci, commandant, répliqua-t-il.

Je pus constater qu'il n'appréciait pas beaucoup le fait d'avoir été le jouet d'une plaisante leçon pratique.

— Mais, dites-moi, commandant, questionna-t-il, n'était-ce pas un... tour un peu dangereux ?

— Pas le moins du monde. Si tu veux des détails techniques, sache qu'il y a un tuyau de sept centimètres autour de cette brèche, terminé par un robinet. Tim se trouve tout à côté, avec son équipement. Si nous n'avions pas colmaté le trou en l'espace de dix secondes, il avait la consigne de fermer le robinet et de stopper ainsi l'échappement d'air.

— Comment la brèche a-t-elle été pratiquée ? demanda quelqu'un.

— Au moyen d'une simple petite charge d'explosif, une toute petite charge, répondit le commandant.

Son sourire avait disparu et il redevint très sérieux.

— Je n'ai pas fait cela uniquement pour m'amuser. Un de ces jours, vous pourrez avoir affaire à une véritable brèche et ce test vous a appris comment il fallait opérer. Ainsi que vous l'avez constaté, un trou de cette taille produit un fameux tirage et serait capable de vider une pièce en trente secondes. Mais il est assez facile d'en venir à bout si vous agissez rapidement et sans vous affoler.

Il se tourna vers Karl Hasse qui, en bon élève qu'il était, se tenait dans la première rangée.

— Karl, j'ai remarqué que tu étais le seul à ne pas bouger. Puis-je savoir pourquoi ?

Karl répondit sans hésitation, de sa voix sèche et nette.

— Une simple déduction. La chance d'être atteint par un météore est, vous l'avez dit, inconcevablement rare. La chance d'en être atteint juste au moment où vous veniez d'en parler était... disons si rare qu'elle était presque impossible. Je me suis dit que ce devait être une sorte d'exercice et c'est pourquoi je suis resté tranquillement assis pour voir ce qui allait se passer.

Tous les regards se dirigèrent vers lui et nous parûmes un peu naïfs par comparaison. Il avait beaucoup d'assurance, Karl, et je suppose qu'il avait raison ; il avait toujours raison, d'ailleurs. Mais cela ne contribuait pas à le rendre populaire.

L'un des meilleurs moments sur les stations interplanétaires est l'arrivée de la fusée-courrier en provenance de la Terre. Les grands astronefs peuvent aller et venir mais ils ne sont en aucune manière aussi importants que les petites fusées jaune vif qui relient le personnel de la base avec les familles. Les messages radio sont tous très bons mais ils ne peuvent se comparer aux lettres et surtout aux colis.

Le service postal de la Station consistait en un orifice percé à proximité de l'une des soupapes, orifice devant lequel une petite foule prenait l'habitude de se rassembler avant même que la fusée eût été accouplée. Dès que les sacs de courrier étaient jetés à bord, ils étaient dépouillés et une rapide répartition avait lieu. Chacun se dispersait ensuite en étreignant sa correspondance ou en disant : « Oh, d'ailleurs, je n'attendez rien cette fois-ci ».

Je fus très surpris de découvrir qu'un tas de lettres m'attendaient après l'arrivée de la première fusée. La plupart provenaient de gens qui m'étaient complètement étrangers et surtout de garçons de mon âge ayant entendu parler de moi ou m'ayant vu à la télévision, et qui auraient voulu connaître les conditions de vie sur la Station. Si j'avais répondu à chacun, il ne me serait resté aucun moment de libre. Ce qui était plus grave encore, j'aurais dû y employer toutes mes économies tant les frais d'envoi étaient élevés.

Je demandai conseil à Tim. Il jeta un coup d'œil sur quelques lettres et répondit :

— Je suis peut-être un peu cynique, mais il me semble que la plupart d'entre eux sont à la recherche de timbres interplanétaires. Si tu crois devoir leur répondre, attends d'être de retour sur Terre, ça te coûtera moins cher...

Et c'est ce que je fis. Mais je crains que beaucoup de gens n'en aient conçu du dépit.

Il y avait aussi un paquet de chez moi, contenant tout un assortiment de bonbons et une lettre de ma mère qui me disait de faire bien attention et de bien m'habiller. Je ne parlai pas de la lettre mais le reste du colis me rendit très populaire pendant deux ou trois jours.

Je ne crois pas qu'il existe beaucoup de gens sur Terre qui n'ont jamais assisté au feuilleton télévisé intitulé « Dan Drummond, détective de l'Espace ». Mais peut-être que certains d'entre vous ont suivi Dan Drummond dans ses dépistages de contrebandiers interplanétaires et autres bandes de filous, ou palpité au spectacle de sa lutte sans fin contre Black Jervis, le plus diabolique des pirates de l'Espace.

L'une de mes surprises en arrivant sur la Station avait été de découvrir à quel point Dan Drummond était célèbre parmi le personnel. Quand les hommes n'étaient pas de service — et souvent quand ils l'étaient — ils ne manquaient pas une phase de ses aventures. Bien sûr, ils prétendaient tous que cette émission les amusait, mais ce n'était pas tout à fait la vérité. D'une certaine façon, « Dan Drummond » n'était pas la moitié aussi ridicule que beaucoup d'autres feuilletons de la

T.V. Le côté technique était assez bien conçu et les producteurs devaient obtenir les conseils d'un expert, même s'ils ne s'en inspiraient pas toujours. On soupçonnait fort qu'un homme de la Station participât à l'élaboration du scénario, mais personne ne fut jamais capable de le prouver. On avait même pensé qu'il s'agissait du commandant Doyle, mais ce n'était qu'une supposition.

Nous nous intéressions tout particulièrement à l'épisode du moment, qui concernait une station interplanétaire se trouvant dans l'orbite de Vénus. La fusée pirate de Blackie, la « Reine de la Nuit », avait épuisé son carburant et les bandits formaient le plan d'un raid sur la station pour remplir leurs réservoirs. S'ils pouvaient se retirer avec du butin et des otages, cela n'en vaudrait que mieux. Lorsque le dernier épisode de la série se termina, la fusée pirate, peinte de noir, se dirigeait sournoisement vers la station sans méfiance et nous nous demandions ce qu'il allait bien arriver la prochaine fois.

Rassurez-vous, la piraterie est un commerce qui n'a jamais existé dans l'Espace. Puisque seule une société disposant de nombreux millions pouvait se permettre de construire des fusées et de les entretenir en carburant, il était difficile d'imaginer de quelle façon un Black Jervis aurait pu en faire son gagne-pain. Ce détail ne gâtait pas pour autant notre plaisir, mais provoquait des discussions acharnées sur les perspectives du crime dans l'Espace. Peter Van Holberg, qui passait le plus clair de son temps à lire des romans noirs, tout en étant un fervent du feuilleton de la T.V., restait convaincu qu'on pouvait faire quelque chose si on le voulait réellement. Il s'amusait à inventer toutes sortes de crimes ingénieux et il nous demandait alors quelle était la manière d'empêcher leur réalisation. Nous pensions surtout qu'il avait manqué sa véritable vocation !

Le dernier exploit de Black Jervis avait rendu Peter particulièrement songeur et, pendant un jour ou deux, il erra de part et d'autre de la Station. Quelle valeur la Station pouvait-elle avoir pour des despérados interplanétaires ? Cela atteignait un chiffre impressionnant, surtout lorsque l'on comprenait le prix de la cargaison. Si l'esprit de Peter ne s'était pas trouvé dans de telles dispositions, il n'aurait peut-être jamais remarqué le comportement bizarre du « Cygnus ».

En dehors des astronefs qui accomplissaient des parcours réguliers et programmés, des vaisseaux en mission spéciale faisaient escale à la base deux ou trois fois par mois. Il s'agissait habituellement de machines attachées à des recherches scientifiques, quelquefois à de passionnantes expéditions sur des planètes inexplorées. Quelle que fût la mission, chacun à bord de la Station savait toujours de quoi il retournait.

Mais personne ne savait grand-chose à propos du « Cygnus », sauf qu'il était inscrit sur les registres de la Navigation comme étant un appareil de moyen tonnage sur le point d'être retiré du service après avoir fonctionné pendant presque cinq ans sans révision générale.

Il attira peu l'attention quand il arriva dans les parages et jeta l'ancre (oui, c'est l'expression qui est toujours en usage) à une quinzaine de kilomètres de la Station. Cette distance était plus grande que la normale, mais cela pouvait tout simplement signifier qu'il possédait un pilote ultra-prudent. Et il demeura là. Toutes les tentatives pour découvrir ce qu'il fabriquait échouèrent complètement. Il avait un équipage de deux hommes, détail que nous apprîmes parce qu'ils firent de courtes apparitions dans leur équipement et se présentèrent au Contrôle. Ils ne donnèrent aucune date concernant le congé de départ et refusèrent de préciser leurs occupations, ce qui était sans précédent mais non pas illégal.

Naturellement, cette attitude fit naître de nombreux bobards. Quelqu'un prétendit que l'appareil avait été frêté secrètement par le Prince Edouard qui, comme chacun le savait, tentait de s'en aller dans l'Espace depuis des années. On disait que le Parlement britannique ne voulait pas laisser partir le Prince, alléguant que l'héritier du trône était trop précieux pour risquer sa vie dans des distractions aussi dangereuses que des vols interplanétaires. Pourtant, le Prince était un jeune tellement obstiné que personne ne se serait étonné s'il était parti pour Mars quelque jour, après s'être déguisé et déclaré comme membre d'équipage. S'il avait jamais tenté une aventure de ce genre, il aurait trouvé des tas de gens prêts à l'aider.

Mais Peter avait formé une théorie beaucoup plus sinistre. L'arrivée du mystérieux et silencieux astronef cadrait trop bien avec ses idées de crimes interplanétaires. Si vous vouliez piller une station, raisonnait-il, de quelle autre façon opéreriez-vous ?

Nous nous moquions de lui, en précisant que le « Cygnus » avait fait de son mieux pour éveiller les soupçons au lieu de les apaiser. De plus, c'était une petite fusée qui ne pouvait contenir un nombreux équipage. Les deux hommes qui étaient venus à la Station étaient probablement les seuls qu'elle avait à son bord.

A ce moment-là, Peter s'était déjà tellement enterré dans ses suppositions qu'il ne voulut pas entendre raison. Et, comme son comportement nous amusait, nous le laissâmes continuer et nous l'encourageâmes même dans cette voie. Mais, bien entendu, nous ne le prenions pas au sérieux.

Les deux hommes du « Cygnus » venaient à bord de la base au moins une fois par jour pour y prendre leur courrier de la Terre et lire les journaux et les magazines dans la salle de détente. C'était assez naturel s'ils n'avaient rien d'autre à faire, mais Peter trouvait cela très louche. Selon lui, c'était la preuve qu'ils étaient en train de reconnaître la Station et qu'ils apprenaient à s'y retrouver.

— Sans doute pour ouvrir le chemin à un abordage au sabre ! fit quelqu'un d'un ton sarcastique.

Et puis, soudainement, Peter décela un nouvel indice qui nous fit considérer la chose un peu plus sérieusement. Il apprit du Service des Transmissions que nos mystérieux hôtes recevaient continuellement des messages de la Terre en utilisant leur propre radio sur une longueur d'onde qui n'était pas allouée à des communications officielles ou commerciales. Il n'y avait, encore une fois, rien d'illégal à cela — ils opéraient sur l'une des bandes de l'éther libre — mais encore une fois, c'était franchement inhabituel. *Et ils employaient le code.* Cette particularité, on s'en doute, était très étrange pour ne pas dire plus. Naturellement, Peter était vivement impressionné par tout cela.

— Il se trame quelque chose, disait-il d'un ton alarmé. Des gens engagés dans une affaire honnête n'agiraient pas de cette façon-là. Je n'irai pas jusqu'à dire qu'ils s'adonnent à un métier aussi... démodé que la piraterie, mais s'ils pratiquaient le trafic de la drogue ?

— J'aurais du mal à le croire ! déclara doucement Tim Benton. Je reconnais toutefois que le nombre d'amateurs de drogue dans les colonies martiennes et vénusiennes rendrait ce trafic très profitable.

— Je ne parle pas de contrebande dans ce sens-là, répliqua dédaigneusement Peter. Suppose qu'on ait découvert une drogue sur l'une des planètes et qu'on tente de la faire passer en fraude sur Terre ?

— Tu as puisé cette idée dans l'avant-dernière aventure de Dan Drummond, dit quelqu'un. Tu sais, celle qu'ils ont passée l'année dernière, et qui se déroulait dans les plaines de Vénus.

— Il n'y a qu'une seule façon de savoir à quoi s'en tenir, poursuivit Peter obstinément. Je vais aller jeter un coup d'œil de leur côté... Qui vient avec moi ?

Il n'y eut aucun volontaire. Je m'étais offert, mais je savais qu'il ne m'accepterait pas.

— Comment ? Vous avez tous la frousse ? railla-t-il avec mépris.

— Ça nous laisse tout simplement indifférents ! répliqua Norman. J'ai autre chose à faire pour employer mon temps.

Alors, à notre surprise, Karl Hasse s'avança.

— J'y vais, dit-il. Je commence à en avoir par-dessus la tête de toute cette histoire, et c'est la seule manière d'empêcher Peter de nous ennuyer avec ça !

Van Holberg aurait enfreint le règlement de sécurité s'il avait accompli tout seul un voyage de cette distance et il aurait dû y renoncer si Karl ne s'était pas offert.

— Quand partez-vous ? demanda Tim.

— Ils viennent chercher leur courrier l'après-midi. Lorsqu'ils seront tous les deux à bord de la base, nous attendrons la prochaine période pour nous esquiver.

Il voulait parler des cinquante minutes pendant lesquelles la Station passait dans l'ombre de la Terre. A ce moment-là, on pouvait malaisément distinguer de petits objets, à quelque distance qu'on s'en trouvât, aussi couraient-ils très peu de risques d'êtres détectés. Mais ils auraient aussi quelque difficulté à trouver le « Cygnus », qui ne refléterait que la faible lumière des étoiles et serait probablement invisible à plus de deux kilomètres. Tim Benton le leur fit remarquer.

— J'emprunterai un « beeper » aux réserves, répliqua Peter. Joe Evans m'en prêtera bien un.

Un « beeper », je dois vous l'expliquer, est un minuscule poste de radar, pas beaucoup plus gros qu'une lampe torche ; on l'utilise pour situer des accessoires qui ont dérivé hors de la Station. Il a une portée de quelques kilomètres sur des appareils de la taille d'un équipement pressurisé, mais pourrait déceler une fusée à une distance beaucoup plus grande. On promène ce radar dans tous les sens et, lorsque son rayon rencontre un objet, vous entendez une série de « bzee ». Plus vous vous approchez de l'objet réfléchissant, plus la cadence du bruit devient rapide et, avec un peu d'entraînement, on arrive à apprécier les distances d'une façon assez précise.

Finalement, Tim Benton donna à contrecœur son consentement à cette aventure, à condition que Peter restât en contact par radio en permanence et retraçât exactement tout ce qui se passait. Je suivis ainsi leur expédition depuis l'un des ateliers, au moyen du haut-parleur. Il était facile d'imaginer que je me trouvais avec eux, dans cette nuit cloutée d'étoiles, avec la grande ombre de la Terre en dessous de moi et la Station s'éloignant lentement en arrière.

Ils avaient soigneusement repéré le « Cygnus » alors qu'il était encore visible sous le reflet du soleil et, cinq minutes après le moment où nous étions entrés dans l'éclipse, ils s'étaient lancés dans la direction voulue. Leur marche fut si précise qu'ils n'eurent même pas besoin d'employer le « beeper ». Le « Cygnus » se dessina devant eux juste au moment calculé. Ils ralentirent alors leur allure et stoppèrent.

— Tout va bien, signala Peter, et je sentis une trace d'émotion dans sa voix. Aucun signe de vie.

— Peux-tu regarder à travers les hublots ? demanda Tim.

Il y eut un moment de silence, rempli seulement par une respiration lourde et l'occasionnel déclic métallique des commandes de l'équipement. Puis nous entendîmes le bruit d'un choc et une exclamation de Peter.

— C'est plutôt imprudent, fit la voix de

Karl. Si jamais il y en a d'autres à l'intérieur, ils vont croire qu'ils viennent de rencontrer un astéroïde.

— Ce n'est pas ma faute, protesta Peter, mon pied a glissé sur la commande de propulsion.

Nous perçûmes ensuite quelques grattements tandis que Peter se déplaçait probablement sur la coque de l'astronef.

— Je ne peux pas voir à l'intérieur de la cabine, déclara-t-il. Il fait trop sombre. Mais il n'y a certainement personne là-dedans. Je vais monter à bord. Est-ce que tout va bien ?

— Oui, répondit Tim. Nos deux suspects jouent aux échecs, dans la salle de jeu. Norman a observé la partie et ils en ont encore pour un bout de temps.

Tim sourit. Je compris qu'il s'amusait bien et considérait toute l'affaire comme une grosse blague. Quant à moi, je commençais à la trouver passionnante.

— Attention aux pièges ! poursuivit Tim. Je suis certain qu'aucun pirate expérimenté n'abandonnerait son appareil sans le laisser sous bonne garde. Peut-être y a-t-il un robot armé d'un fusil à rayons cosmiques dans la soupape ?

Même Peter trouva cette supposition un peu exagérée, et il nous le fit savoir d'un ton bien assuré. Nous distinguâmes des bruits de choc plus sourds quand il fit le tour de la coque pour parvenir devant la soupape et il y eut alors une longue pause tandis qu'il examinait les commandes. Ces dernières sont d'un type standard sur tous les astronefs et il n'existe aucun moyen de les verrouiller de l'extérieur,

aussi Peter ne s'attendait-il pas à trouver beaucoup de difficultés de ce côté-là.

— Elle s'ouvre, annonça-t-il brièvement. Je
monte à bord

De nouveau, il y eut un inquiétant silence.
Lorsque Peter se remit à parler, sa voix était
infiniment plus faible à cause de l'effet de
bouclier de la paroi de l'appareil, mais nous
pûmes encore l'entendre en augmentant la
puissance.

— Le poste de pilotage paraît parfaitement
normal, rapporta-t-il avec un soupçon de dépit
dans sa voix. Nous allons jeter un coup d'œil
sur le chargement.

— Il est peut-être un peu tard pour vous si-
gnaler la chose, fit remarquer Benton, mais est-
ce que vous réalisez que vous êtes en train de
vous adonner à la piraterie ou à quelque chose
qui y ressemble fort ! Je pense que les hommes de loi appelleraient votre acte « pénétra-
tion arbitraire à l'intérieur d'un astronef à
l'insu et sans l'autorisation de ses propriétai-
res ». Est-ce que quelqu'un sait quelle est la
peine encourue pour ce délit ?

Personne ne savait, bien que quelques suggestions alarmantes eussent été exprimées.
Alors Peter nous appela de nouveau.

— C'est bien contrariant, mais le panneau
du magasin aux réserves est verrouillé. Je
crains que nous devions renoncer, ils auront
certainement emmené les clés avec eux.

— Pas obligatoirement, répondit Karl. Tu
sais que les gens laissent toujours un jeu de
clés de réserve au cas où ils perdraient celui
qu'ils ont en poche. Ils le cachent toujours
en un endroit qu'ils s'imaginent être sûr mais

que l'on peut habituellement trouver par déduction.

— Alors, vas-y, Sherlock ! Est-ce que tout
va bien de votre côté ?

— Oui, la partie n'est pas près d'être terminée, dit Tim. Nos hommes paraissent s'être
installés pour l'après-midi.

A l'extrême surprise de chacun, Karl trouva
les clés en moins de dix minutes. Elles avaient
été fourrées dans une petite niche située sous
le tableau de bord.

— Allons-y ! cria Peter d'un ton allègre.

— Pour l'amour de Dieu, ne dérangez rien !
avertit Benton qui commençait à regretter
d'avoir autorisé l'expédition. Jetez juste un
coup d'œil et rentrez à la base.

Il n'y eut aucune réponse. Peter était trop
affairé avec la porte. Nous entendîmes le
« clac » assourdi du panneau quand il s'ouvrit
enfin. Peter portait toujours son équipement
pressurisé, de sorte qu'il pouvait maintenir
le contact avec nous par radio. Un instant plus
tard, nous l'entendîmes crier :

— Karl, regarde-moi ça !

— Qu'est-ce qui t'arrive ? reprit Karl, toujours aussi calme. Tu m'as crevé les tympans.

Nous ne facilitions pas les choses en criant
nous-mêmes des questions, et il se passa un
certain temps avant que Tim pût restaurer
l'ordre.

— Arrêtez vos hurlements, vous tous ! cria
Tim. Et maintenant, Peter, dis-nous exactement ce que tu as trouvé.

Je pus entendre Van Holberg reprendre son
souffle.

— Cet engin est rempli de fusils ! haleta-t-il.
Parole, je ne blague pas ! Je peux en voir une

vingtaine pendus aux parois. Et ils ne ressemblent à aucun fusil de ma connaissance. Ils ont de drôles de canons et il y a des cylindres rouges et verts fixés en dessous. Je me demande à quoi ils peuvent bien...

— Karl ? rugit Tim. Est-ce que Peter nous fait marcher ?

— Non, fut la réponse. C'est parfaitement vrai. Je n'aime pas beaucoup vous dire cela, mais s'il existe réellement des fusils à rayons cosmiques, nous en avons sous les yeux en ce moment.

— Que devons-nous faire ? gémit Peter.

Il ne paraissait pas du tout enchanté d'avoir trouvé la confirmation de ses théories.

— Ne touchez à rien ! ordonna Benton. Donnez-nous une description détaillée de tout ce que vous pouvez voir, et rentrez aussitôt.

Mais avant que Peter eût pu obéir, nous eûmes une nouvelle émotion, beaucoup plus violente celle-là. Soudain, nous entendîmes Karl suffoquer :

— Qu'est-ce que c'est ?

Un moment de silence, puis une voix que je pus à peine reconnaître comme étant celle de Peter chuchota :

— Il y a une fusée dehors, elle est déjà en train de se raccorder. Que devons-nous faire ?

— Allez-y ! Foncez en vitesse ! articula Tim d'un ton pressant. Propulsez-vous hors de la soupape aussi vite que vous le pouvez et revenez à la Station par deux routes différentes. Il fera sombre pendant encore dix minutes, ils ne vous verront probablement pas.

— Trop tard, fit Karl, qui semblait avoir

gardé quelques bribes de sang-froid. Ils montent déjà à bord, la porte extérieure vient de s'ouvrir.

CHAPITRE V

Pendant un moment, personne ne trouva rien à dire. Puis Benton souffla dans le micro :

— Du calme ! Si vous leur dites que vous êtes en contact par radio avec nous, ils n'oseront pas vous toucher.

Je ne pus m'empêcher de penser que cet avis était plutôt optimiste. Malgré tout, il ne pouvait que relever le moral de nos compagnons, qui devait probablement être assez bas.

— Je vais me saisir d'un de ces fusils, annonça Peter. Je ne sais pas comment ils fonctionnent, mais ça pourra leur faire peur. Karl, prends-en un aussi.

— Pour l'amour de Dieu, faites attention ! recommanda Tim.

Il se tourna vers Ronnie.

— Va appeler le commandant et dis-lui ce qui se passe, vite ! Et fais donner un télescope sur le « Cygnus » pour voir quelle est la fusée qui se trouve là-bas.

Evidemment, nous aurions dû penser à cela plus tôt, mais l'émotion générale nous en avait empêché.

— Ils sont maintenant dans le poste de pilotage, poursuivit Peter. Je peux les voir. Ils

ne portent ni équipement, ni fusils ; c'est pour
nous un bon avantage.

Je soupçonnai Peter d'avoir retrouvé un peu
de son assurance et je me demandai s'il n'était
pas un héros.

— Je vais au-devant d'eux, annonça-t-il soudain. Ça vaut mieux que d'attendre ici. Viens,
Karl !

Nous attendîmes, le souffle coupé. Je ne
sais pas ce que nous attendions ; n'importe
quoi, j'imagine, depuis la salve de détona-
tions jusqu'au sifflement ou au crépitement
des armes mystérieuses dont nos amis étaient
en possession. La seule chose que nous n'an-
ticipions pas fut celle qui se produisit.

Nous entendîmes Peter qui disait (et je vous
garantis que sa voix sonnait très calmement) :

— Que faites-vous ici et qui êtes-vous ?

Le silence qui suivit sembla durer un siècle. Je pouvais me représenter la scène aussi
clairement que si j'avais été présent : Peter et
Karl désespérément retranchés derrière leurs
armes et, devant eux, les hommes qu'ils venaient de défier, se demandant s'ils devaient
se rendre ou combattre.

Alors, ce fut incroyable. Quelqu'un se mit
à rire. Il y eut quelques mots que nous ne pûmes saisir, prononcés dans ce qui parut être de
l'anglais, mais qui furent submergés par une
explosion d'hilarité. Il semblait que trois ou
quatre personnes riaient en même temps à
gorge déployée.

Nous ne pouvions rien faire d'autre que d'attendre. Puis une nouvelle voix paraissant amu-
sée et tout à fait amicale parvint dans le haut-
parleur.

— O.K., boys ! Vous feriez mieux de laisser

tomber vos machins. Vous ne pourriez pas
seulement tuer une souris avec un de ces engins, à moins que vous ne lui balanciez sur la
tête. Je pense que vous appartenez à la Station ? Si vous désirez savoir qui nous sommes, sachez que nous représentons la Société des Films du XXIe siècle, pour vous servir.
Je suis Lee Thomson, producteur-adjoint. Et
ces armes féroces que vous avez entre les
mains sont celles que Props a fabriquées pour
notre nouvelle épopée interstellaire. Je suis
heureux de constater qu'elles ont convaincu
quelqu'un, elles m'avaient toujours semblé très
invraisemblables.

Nous nous répandîmes alors en des rires
dont l'ardeur avait sans doute quelque chose
à voir avec l'effet de la réaction. Quand le commandant arriva, un bon moment s'écoula avant
qu'un seul d'entre nous puisse lui expliquer ce
qui s'était passé.

Le plus fort, c'est que Peter et Karl s'amu-
sèrent bien, après s'être ridiculisés d'aussi
cuisante façon. Les cinéastes firent beaucoup
d'histoires autour d'eux et les emmenèrent
dans leur fusée, où ils prirent un repas copieu-
sement arrosé, ce qui n'était pas dans les habitudes de la Station.

En remontant à sa source, le mystère tout
entier avait une explication absurdement simple. La firme cinématographique devait mettre en scène un roman, le premier film « interstellaire », et non pas seulement interpléné-
taire, qui serait la première bande tournée entièrement dans l'Espace, sans aucun trucage
de studio.

C'est ce qui expliquait le secret entourant
l'opération. Si les autres compagnies avaient

appris ce qui se passait, elles auraient rivalisé de vitesse. Et la Société du XXIe siècle voulait un succès aussi retentissant que possible dans cette innovation. Elle avait expédié une première équipe de « déblayeurs » qui devaient attendre la troupe principale avec les caméras et les équipements. En plus des « fusils à rayons cosmiques » dont Peter et Karl avaient fait la connaissance, les réserves de l'appareil contenaient d'étranges tenues pressurisées comportant quatre jambes pour incarner les êtres qui étaient censés vivre sur la planète Alpha-Centaure. La firme faisait les choses en grand et nous apprîmes qu'elle avait une autre troupe au travail sur la Lune.

Le tournage ne devait effectivement commencer que deux jours plus tard, lorsque les acteurs seraient arrivés dans la troisième fusée. La nouvelle que la vedette féminine du plan n'était autre que Linda Lorelli fit sensation, bien qu'on se demandât ce qui pourrait bien subsister de son charme à travers un équipement pressurisé ! Son partenaire masculin serait Tex Duncan, dans un de ses habituels rôles de « dur ». Norman Powell en fut enchanté, car il avait une grande admiration pour Tex et il possédait une photo de l'acteur collée sur son armoire.

Tous ces préparatifs à proximité de la Station étaient plutôt distrayants et chaque fois qu'ils n'étaient pas de service, les hommes de la Station sautaient dans leur équipement et allaient y faire un tour pour voir comment procédaient les cinéastes. Ces derniers avaient déchargé leurs caméras, qui étaient adaptées sur de petits groupes de propulseurs pour leur permettre de se déplacer lentement en tous sens.

On était en train de déguiser savamment la deuxième fusée par l'adjonction de renflements, de tourelles et de créneaux postiches qui la feraient ressembler (ainsi l'espérait la firme) à un vaisseau de combat appartenant à un autre système solaire. C'était vraiment très impressionnant.

Nous étions à l'une des conférences du commandant Doyle lorsque les vedettes arrivèrent à bord. A un moment donné, la porte s'ouvrit et une petite procession flottante fit son entrée. Le commandant en chef de la Station venait en tête, puis son adjoint et enfin Linda Lorelli. Elle arborait un sourire assez inquiet et il était évident qu'elle trouvait l'absence de gravité très déconcertante. Me souvenant de mes premiers efforts, je fus de tout cœur avec elle. Elle était escortée d'une femme d'un certain âge qui semblait très à son aise sous la gravité zéro. Elle donna une poussée salutaire à Linda quand cette dernière montra des signes de désorientation.

Tex Duncan suivait immédiatement, essayant de se passer d'une escorte sans y parvenir très bien. Il paraissait beaucoup plus âgé que ses films ne me l'avaient fait supposer, et je lui donnai facilement trente-cinq ans. De quelque côté que vous les regardiez, ses cheveux paraissaient clairsemés. Je jetai un coup d'œil sur Norman pour voir comment il avait réagi à la vue de son héros et il me parut légèrement dépité.

Il semblait que tout le monde avait entendu parler de l'aventure de Karl et de Peter, car miss Lorelli leur fut présentée et ils échangèrent tous de très courtoises poignées de mains. Elle leur posa quelques questions judicieuses au sujet de leur travail, frémit à la vue des équations que le commandant Doyle avait portées sur le tableau et nous invita tous à prendre le thé à bord du plus gros appareil de la Compagnie, l'« Orson Welles ». Je la trouvai très agréable.

Je dois vous dire que, pendant les jours qui suivirent, le « Morning Star » fut tout à fait abandonné, surtout quand nous eûmes découvert que nous pouvions faire un peu d'argent en donnant un coup de main au montage. Le fait que nous étions rompus à l'impondérabilité nous conférait une certaine utilité, car si la plupart des techniciens avaient été dans l'Espace auparavant, ils ne se sentaient pas très à l'aise sous la gravité zéro et ils se déplaçaient lentement, avec beaucoup de prudence. Une fois qu'on nous eut expliqué ce que nous devions faire, nous travaillâmes très efficacement.

Une bonne partie du film était tournée dans des décors, à l'intérieur de l'« Orson Welles » qui avait été aménagé en une sorte de studio volant. Toutes les scènes qui étaient censées se dérouler à l'intérieur d'un astronef étaient filmées devant un fond approprié de machinerie et de tableaux de bord. Pourtant, les séquences vraiment intéressantes étaient celles dont les vues devaient être prises dans l'Espace même.

Nous apprîmes qu'il existait un épisode dans lequel Tex Duncan devait empêcher miss Lorelli de tomber irrémédiablement dans l'Espace, sur le chemin d'une planète approchante. L'un des principaux sujets de fierté des Films du XXIe siècle était la hardiesse de Tex Duncan, qui ne se servait jamais de doublure

mais jouait personnellement les scènes les plus
dangereuses.

Nous attendions avec impatience, et nous
pensions que cela vaudrait la peine d'être vu.
Il se révéla que nous avions parfaitement raison...

*
**

Il y avait maintenant quinze jours que
j'étais sur la Station et je me considérais comme un ancien. Il me semblait tout à fait naturel de ne rien peser et j'avais presque oublié
la notion de « haut » et de « bas ». Entre autres particularités, le fait d'absorber les liquides au moyen de tubes au lieu de les boire au
verre ou à la tasse n'était plus une nouveauté
mais un geste de la vie quotidienne.

Je crois qu'il n'y avait qu'une seule chose qui
me manquât réellement sur la base. Il était, en
effet, impossible d'y prendre un bain à la façon dont vous le pouvez sur Terre. J'adore
cependant m'étendre dans un bon bain chaud
et y flâner jusqu'à ce qu'on vienne frapper à la
porte pour s'assurer que je ne me suis pas endormi. Où j'étais, on ne pouvait prendre qu'une
douche, ce qui signifiait qu'il fallait s'introduire à l'intérieur d'un cylindre de toile et le la-
cer très étroitement autour de son cou pour
empêcher l'échappée du jet. Tout amas d'eau
important formait un gros globe qui flottait
en tous sens jusqu'à ce qu'il heurtât une paroi. Quand cela se produisait, une fraction de
l'eau se séparait en plus petites gouttes qui
continuaient à vagabonder chacune de leur côté, mais la plus grosse partie se répandait sur
la surface touchée et faisait un affreux gâchis.

Sur la Station Résidentielle, où la gravité
existait, les bains étaient possibles et une pe-

tite piscine avait même été aménagée. Tout le
monde pensait que cette dernière idée n'était
qu'une inutile fantaisie.

Les autres membres du personnel, tout comme les apprentis, m'avaient adopté et j'étais
parfois capable de les aider à des travaux bizarres. J'avais appris autant de choses que possible, sans ennuyer les gens par de trop nombreuses questions. Lorsque je rentrerais sur
Terre, je pourrais écrire un livre sur la Station.

On me permettait maintenant d'aller plus
ou moins où je voulais, aussi longtemps que je
restais en contact avec Tim Benton ou le commandant. L'endroit qui m'attirait le plus était
l'observatoire, qui disposait d'un télescope, petit mais puissant, avec lequel je pouvais
m'amuser quand personne d'autre ne s'en servait.

Je ne me fatiguais jamais de regarder la Terre croître et décroître en dessous de moi. Habituellement, les contrées qui se trouvaient
dans notre champ étaient nettes de nuages et
je pouvais obtenir des vues merveilleusement
distinctes des pays par-dessus lesquels nous
nous mouvions. A cause de notre vitesse, le sol
terrestre défilait à raison de huit kilomètres
à la seconde. Cependant, comme nous étions à
huit cents kilomètres d'altitude, on pouvait
garder un objet très longtemps dans la zone
de vision avant qu'il n'aille se perdre dans les
brumes de l'horizon, si le télescope était actionné correctement. Il y avait, sur l'appareil, un dispositif ingénieux, qui se chargeait
automatiquement de la manipulation adéquate
dès que l'on braquait la lunette sur quelque
chose.

Tandis que nous pivotions autour du globe, je pouvais en observer, au cours de chaque cent minutes, une portion qui s'étendait, au Nord, jusqu'au Japon, le Golfe du Mexique et la Mer Rouge. Au Sud, je pouvais voir aussi loin que Rio de Janeiro, Madagascar et l'Australie. C'était une façon d'apprendre la géographie, bien qu'en raison de la courbure de la Terre, les pays les plus éloignés fussent affligés d'une très forte déformation qui les rendait difficilement reconnaissables d'après les cartes ordinaires.

Surplombant l'Equateur, l'orbite de la Station passait directement au-dessus de deux des plus grands fleuves du monde, le Congo et l'Amazone. Je pouvais, avec mon télescope, fouiller tout droit dans la jungle et je n'avais aucune difficulté à discerner les arbres isolés et les plus gros animaux. L'immense Réserve Africaine était un endroit passionnant à observer, et, si j'avais chassé dans les parages, j'aurais pu y trouver presque toutes les bêtes qu'il me serait possible de nommer.

Je passais beaucoup de temps aussi à regarder vers l'infini, loin de la Terre. Du point de vue de toutes les applications pratiques, je n'étais pas plus près de la Lune et des autres planètes que je l'avais été chez moi, mais, à présent que je me trouvais en dehors de l'atmosphère, je pouvais obtenir des vues infiniment plus claires. Les grandes montagnes lunaires semblaient si proches que j'étais tenté de lever le bras et de passer mon doigt le long de leurs crêtes rugueuses. Lorsqu'il faisait nuit sur la Lune, je pouvais apercevoir quelques-unes des colonies de Terriens ; elles brillaient comme des étoiles dans l'obscurité. Mais la vue la plus splendide de toutes, c'était l'envol d'une fusée. Quand j'en avais l'occasion, je prenais note à la radio de leurs horaires de départ. Je me rendais ensuite auprès du télescope et, l'ayant braqué vers la partie voulue de la planète, j'attendais.

Tout ce que je pouvais distinguer au début était un cercle de ténèbres. Soudain, il se produisait une minuscule étincelle qui devenait de plus en plus brillante. Dans le même temps, elle commençait à s'étaler tandis que la fusée gagnait en altitude et que la lueur de ses échappements éclairait une portion toujours plus vaste du paysage lunaire. Au milieu de cette flamboyante illumination d'un blanc bleuté, je percevais les monts et les plaines de l'astre des nuits, luisant d'un éclat égal à celui qu'ils avaient normalement en plein jour. La fusée montait toujours et le cercle de lumière s'élargissait tout en perdant de sa brillance jusqu'à ce qu'il fût devenu trop confus pour révéler d'autres détails de la géographie lunaire. L'appareil ascendant se transformait en une minuscule étoile qui se déplaçait rapidement sur la face obscure de l'astre. Quelques minutes plus tard, l'étoile mourait presque aussi brusquement qu'elle était née. La fusée s'était évadée de la Lune et commençait son voyage en toute sécurité. Dans trente ou quarante heures, elle entrerait dans l'orbite de la Station et je pourrais voir son équipage débarquer à bord, d'un air aussi impassible que s'il venait de faire un saut en hélicoptère depuis la ville voisine.

Je crois que j'ai écrit plus de lettres pendant mon séjour qu'en un an à la maison. Elles étaient toutes très courtes et se terminaient

par ces mots : « P.S. — Renvoyez-moi s'il vous
plaît cette enveloppe pour ma collection ».
C'était un sûr moyen de me ménager une collection de timbres interplanétaires qui ferait
l'envie de toute la région. Je ne m'arrêtai que
lorsque je fus à court d'argent, et une quantité d'oncles et de tantes éloignés furent probablement surpris d'avoir de mes nouvelles.

Je donnai également une interview à la télévision, interview qui consistait à répondre à
des questions qui m'étaient posées depuis la
Terre. Mon voyage à la Station paraissait avoir
éveillé un grand intérêt et chacun voulait savoir ce que je ressentais. Je leur dis que je
m'amusais bien et que pour l'instant je ne
désirais pas le moins du monde retourner chez
moi. Il y avait encore beaucoup de choses à
faire et à voir, et la troupe des Films du XXIe
Siècle commençait maintenant à donner toute
sa mesure.

Tandis que les techniciens achevaient les derniers préparatifs, Tex Duncan apprenait à se
servir d'un équipement pressurisé. L'un des
mécaniciens avait reçu pour tâche de l'édu-
quer et nous apprîmes qu'il n'était pas très
satisfait de son élève. M. Duncan était trop sûr
de lui et, parce qu'il savait piloter un « réaction » il pensait pouvoir manipuler un équipement très aisément.

Je pus obtenir une place de choix le jour où
commencèrent les prises de vue dans l'Espace.
La troupe opérait à environ quatre-vingts kilomètres de la Station et nous nous étions rendus là-bas dans notre « Alouette de l'Espace »
notre yacht privé, — comme nous l'appelions
parfois.

La firme avait décidé cet éloignement pour

une raison plutôt amusante. On était en droit
de penser qu'après avoir, au prix de grandes
complications et de grosses dépenses, installé
ses acteurs et ses caméras dans l'Espace, elle
aurait pu aller de l'avant et commencer le tournage. Mais elle se rendit compte qu'il ne pouvait en être question dans de telles conditions.
En effet, l'éclairage était tout à fait défectueux...

Au-dessus de l'atmosphère, quand vous êtes
directement sous les rayons du soleil, c'est
comme si vous aviez un unique et puissant
spotlight braqué sur vous. Le côté éclairé d'un
objet quelconque est brillamment illuminé tandis que la face cachée est extrêmement sombre. Comme conséquence, lorsque vous regardez cet objet dans l'Espace, vous n'en voyez
seulement qu'une partie et il vous faut attendre qu'il ait complètement tourné sur lui-même et qu'il ait été ainsi intégralement éclairé
pour que vous puissiez vous en faire une image globale.

Tôt ou tard, on s'habituait à cette particularité ; mais la firme cinématographique décida
qu'elle déconcerterait le public sur la Terre.
Aussi résolut-elle de s'adjoindre un éclairage
complémentaire pour remplir les ombres. Elle
envisagea alors de faire amener des *floodlights*
supplémentaires pour les faire flotter dans
l'espace autour des acteurs, mais la puissance
nécessaire pour contrebalancer la luminosité
solaire était si énorme qu'il fallut abandonner
ce projet. Quelqu'un proposa alors : « Pourquoi ne se servirait-on pas de miroirs ? » Cette
idée n'aurait probablement pas eu de suite si
quelqu'un d'autre n'avait rappelé que le plus

gigantesque miroir qu'on pût trouver flottait à quelques kilomètres de là.

L'ancienne station génératrice solaire n'était plus en usage depuis plus de trente ans, mais son réflecteur géant était toujours comme neuf. Installée dans les premiers temps de l'astronautique pour capter le flot d'énergie jaillissant du soleil et le convertir en force électrique utile, la génératrice solaire comportant un réflecteur principal qui était un immense bol de presque cent mètres de diamètre, épousant exactement la forme d'un miroir de projecteur. Les rayons solaires qui le frappaient étaient concentrés vers le centre du foyer où des spires échauffées transformaient de l'eau en vapeur, laquelle actionnait les turbines puis les générateurs.

Le miroir lui-même était une construction de poutrelles cintrées supportant des feuilles incroyablement minces de sodium métallique. Le sodium avait été choisi à cause de son extrême légèreté et de ses bonnes qualités réflectrices. Ces milliers de facettes collectaient la puissance solaire et la dirigeaient vers l'endroit où se trouvaient les spires de chauffage quand la station était en service. Cependant, les parties mécaniques avaient été enlevées depuis longtemps et seul le grand miroir subsistait, flottant sans but dans l'espace. Personne ne voyait d'inconvénient à ce que la Société Cinématographique s'en servît pour ses propres besoins si elle le désirait. Elle demanda courtoisement l'autorisation, qu'elle obtint moyennant une redevance de pure forme.

Ce qui arriva alors fut une de ces choses qui, par la suite, semblent avoir été prévisibles, mais auxquelles personne ne songe d'avance. Quand nous parvînmes sur les lieux, les cameramen étaient en place à environ cent cinquante mètres du miroir, à quelque distance de la ligne se trouvant entre le soleil et lui. Tout, sur cette ligne, était à présent illuminé des deux côtés ; par les rayons solaires directs, d'une part, et de l'autre par la clarté réfléchie par le foyer du miroir. Je regrette que tout cela paraisse un peu compliqué, mais il est important que vous compreniez bien la mise en scène.

L'« Orson Welles » flottait derrière les cameramen, lesquels, quand nous arrivâmes, s'évertuaient à trouver l'angle correct au moyen d'un mannequin. Quant tout serait réglé, la doublure serait hâlée à bord et Tex Duncan prendrait sa place. Il fallait que chacun agisse promptement car on voulait voir le croissant montant de la Terre à l'arrière-plan. Malheureusement, à cause de notre rapide mouvement orbital, la Terre croissait et décroissait en si peu de temps que dix minutes par heure seulement convenaient pour le tournage.

En attendant la fin des préparatifs, nous pénétrâmes à l'intérieur de la chambre de contrôle de la station génératrice. Elle consistait en un gros cylindre pressurisé, percé de hublots qui donnaient une excellente vue dans toutes les directions, installé sur le bord du grand miroir. Elle avait été rendue habitable et le conditionneur d'air était de nouveau en service grâce à nos techniciens, dans un but défini bien entendu. Ces derniers avaient également reçu pour tâche de faire pivoter le miroir jusqu'à ce qu'il refît face au soleil. Ce travail avait été exécuté en fixant des groupes de propulseurs sur un bord et en les laissant agir pendant quelques secondes aux moments calculés. C'était une opération très délicate, qui ne pouvait être accomplie que par des experts.

Nous fûmes plutôt surpris de trouver le commandant Doyle dans le poste de contrôle, meublé de façon éparse. De son côté, il parut un peu gêné de nous voir. Je me demandai pourquoi il était si intéressé par un surcroît de gain, lui qui ne descendait jamais sur Terre pour dépenser son argent.

Tandis que nous attendions le commencement du tournage, il nous expliqua comment fonctionnait la Station et pourquoi le développement des générateurs atomiques, simples et bon marché, l'avait rendue désuète. De temps en temps, je jetais un coup d'œil par la fenêtre pour voir où en étaient les cameramen. Nous avions une radio branchée sur leur circuit et nous entendions les instructions que le directeur lançait à son personnel en un flot incessant. Je suis sûr qu'il aurait bien voulu être de retour dans son studio terrestre et qu'il maudissait l'auteur de l'idée insensée d'aller tourner un film dans l'Espace.

Vu depuis son bord, l'immense miroir concave formait un spectacle vraiment impressionnant. Quelques facettes manquaient et l'on apercevait les étoiles à travers ces brèches, mais, à part cela, il était totalement intact et bien entendu sans aucune trace de ternissure. Je me sentais un peu comme une mouche rampant sur le bord d'une soucoupe en métal. Fait assez étrange, bien que la surface tout entière du miroir fût inondée de lumière solaire, elle paraissait très sombre d'où nous étions. Toute la lumière collectée était en effet concentrée sur un point situé à une soixan-

taine de mètres dans l'espace. Il y avait encore quelques poutrelles de support qui
avaient un jour servi à relier le plateau avec le
foyer où se trouvaient les spires de chauffage, mais ces poutrelles pendaient maintenant
dans le vide.

Le grand moment arriva enfin. Nous vîmes
la soupape de l'« Orson Welles » s'ouvrir. Tex
Duncan en émergea. Il avait appris à manipuler son équipement passablement bien, quoique je fusse certain que je m'en serais tiré
mieux que lui si j'avais bénéficié de son apprentissage.

Le mannequin fut enlevé, le directeur re-
commença à donner des instructions et les caméras se mirent à suivre Tex dans ses évolu-
tions. Son rôle était extrêmement court dans
cette scène et consistait à pratiquer quelques
simples manœuvres. J'appris qu'il était censé
être naufragé dans l'Espace après la destruction de sa fusée et qu'il tentait de retrouver
des survivants. Inutile de préciser que miss
Lorelli serait parmi les rescapés ; mais elle
n'était pas encore entrée en scène.

Les caméras continuèrent à tourner jusqu'au
moment où la Terre fut à moitié pleine et que
des continents devinrent reconnaissables. Il
n'était plus alors question de continuer car
c'eût été risqué de gâter le tout. L'action était
supposée se dérouler sur l'une des planètes
d'Alpha Centaure et ça ne pourrait plus marcher si le public reconnaissait la Nouvelle-Guinée, l'Inde ou le Golfe du Mexique ! L'illusion serait détruite d'un seul coup...

Il n'y avait plus rien d'autre à faire que d'attendre pendant trente minutes le moment où la
Terre ne serait plus de nouveau qu'un crois-

sant. Nous entendîmes le directeur ordonner aux caméras de stopper et chacun se relâcha. Tex annonça dans la radio :

— J'allume une cigarette, j'ai toujours désiré fumer à l'intérieur d'un équipement pressurisé.

Quelqu'un murmura derrière moi :

— Toujours sa vantardise... Il serait bien avancé, s'il attrapait le mal de l'Espace !

Il y eut quelques nouvelles instructions destinées aux cameramen, et nous entendîmes encore la voix de Tex.

— Encore vingt minutes, dites-vous ? C'est le diable si je peux rester à attendre pendant tout ce temps ! Je vais jeter un coup d'œil sur ce magnifique miroir à barbe.

— C'est « nous », le miroir à barbe, remarqua Tim Benton d'un air profondément dégoûté.

— O.K., répondit le directeur, qui se souciait probablement peu de discuter avec son poulain. Mais tâchez d'être de retour à temps.

Je regardais à travers le hublot d'observation et j'aperçus la légère vapeur des propulseurs de Tex qui se dirigeait vers nous.

— Il va rudement vite ! remarqua quelqu'un. J'espère qu'il pourra stopper à temps, nous n'avons pas besoin d'un trou supplémentaire dans notre magnifique miroir.

Alors tout sembla survenir en même temps. J'entendis le commandant Doyle hurler :

— Dites à cet idiot de s'arrêter ! Pour l'amour de Dieu, dites-lui d'actionner ses freins ! Il se dirige vers le foyer ! Il va être réduit en cendres !

Quelques secondes s'écoulèrent avant que je saisisse le sens des paroles du commandant.

Puis je me souvins que toute la lumière et la chaleur collectées par notre grand réflecteur était déversée sur ce minuscule volume d'Espace vers lequel volait Tex, inconscient du danger. On m'avait expliqué que cette puissance calorique était égale à celle de dix mille charges électriques, et elle était concentrée dans un rayon large seulement de quelques mètres. Cependant, absolument rien de cela n'était visible et il n'y avait aucun moyen de pressentir le péril avant qu'il soit trop tard. Au-delà du foyer, le rayon s'élargissait de nouveau pour devenir bientôt inoffensif ; mais, à l'endroit où les spires s'étaient trouvées, dans cette brèche entre les poutrelles, les rayons pouvaient fondre n'importe quel métal en quelques secondes. Et Tex se propulsait tout droit vers la brèche ! S'il y parvenait, il durerait à peu près aussi longtemps qu'un papillon pris dans une flamme d'oxy-acétylène...

CHAPITRE VI

Quelqu'un se mit à hurler dans la radio, essayant d'envoyer un avertissement à Tex.

Même s'il lui parvenait à temps, je doutais qu'il eût suffisamment de réflexe pour agir correctement. Il allait s'affoler et tournoyer en s'empêtrant dans les commandes, sans pour cela modifier d'un pouce sa direction.

Le commandant cria :

— Tenez-vous bien, vous tous ! Je vais basculer le réflecteur !

Je saisis l'appui le plus proche et je m'y agrippai. Le commandant Doyle, d'une simple secousse de ses massifs avant-bras, se lança vers le tableau de bord provisoire qui avait été installé près du hublot d'observation. Il jeta un coup d'œil vers la silhouette qui se rapprochait, et opérant un rapide calcul mental, il exécuta la manœuvre. Ses doigts jouèrent rapidement sur les manettes de mise à feu des fusées. A cent mètres plus loin, du côté opposé au grand miroir, je vis les premiers jets de flamme éclabousser les étoiles. Un frémissement parcourut la charpente tout autour de nous : elle n'avait jamais été conçue pour être actionnée d'une façon aussi rapide. Même ainsi, elle semblait tourner très lentement. Ensuite, je vis que le soleil se déplaçait sur le côté. Nous n'étions plus dirigés directement sur lui et l'invisible cône de feu qui convergeait depuis notre réflecteur se déversa dans l'Espace, devint inoffensif. Nous ne sûmes jamais exactement à quelle distance le rayon mortel passa de Tex, mais ce dernier raconta plus tard qu'il y avait eu une brève et aveuglante explosion de lumière et qu'il en avait perdu l'usage de la vue pendant plusieurs minutes.

Les propulseurs de commande s'arrêtèrent et j'abandonnai mon appui avec un soupir de soulagement. Bien que l'accélération eût été faible — il n'y avait pas suffisamment de puissance dans ces petits groupes pour produire un effet vraiment violent — c'était plus que le miroir ne pouvait en supporter, et une partie de sa surface réfléchissante s'était déchirée en se détachant et tourbillonnait lentement dans l'Espace. Toute la station était d'ailleurs animée d'un même mouvement rotatif et il faudrait jongler longtemps avec les propulseurs pour stopper l'impulsion que le commandant Doyle lui avait donnée. Le Soleil, la Terre et les étoiles tournaient avec lenteur autour de nous et je dus fermer les yeux avant de retrouver le sens de l'orientation.

Lorsque je les rouvris, le commandant était engagé dans une active conversation avec l'« Orson Welles », expliquant ce qui s'était passé au juste et disant exactement ce qu'il pensait de M. Duncan. Ce fut la fin des prises de vues pour ce jour-là, et nous ne revîmes pas Tex de sitôt.

Peu après cet incident, nos visiteurs remballèrent leurs affaires et s'en furent plus loin dans l'Espace, à notre grand désappointement. Le fait qu'ils se trouvaient dans l'obscurité la moitié du temps (en passant dans l'ombre de la Terre) était un gros handicap pour un tournage efficace. Apparemment, ils n'avaient jamais pensé à cela. Lorsque nous eûmes de leurs nouvelles, ils étaient à seize mille kilomètres de là, dans une orbite légèrement inclinée qui les maintenait dans une perpétuelle clarté solaire.

Nous eûmes du regret à les voir s'en aller, parce qu'ils nous avaient fourni de bonnes distractions et que nous étions anxieux de voir fonctionner les fameux fusils à rayons cosmiques. A la surprise de chacun, toute la troupe regagna finalement la Terre sans encombre. Mais nous attendions toujours la sortie du film...

Ce fut aussi la fin de l'adoration de Norman pour son acteur favori. La photo de Tex

disparut de son armoire et on ne la revit jamais.

*
* *

J'avais maintenant visité presque toutes les
parties de la Station qui n'étaient pas stricte-
ment marquées « accès interdit ». Le territoi-
re prohibé comprenait la génératrice — qui
d'ailleurs était radioactive, de sorte que personne ne pouvait y pénétrer — la section des
entrepôts, gardée par un féroce officier. Je
désirais vivement visiter ce dernier endroit,
qui était le « cerveau » de la base et qui maintenait les contacts radio avec toutes les fusées
dans cette portion de l'Espace et, naturellement, avec la Terre elle-même. Il y avait peu
de chances pour que j'y sois introduit avant
que chacun m'eût accordé sa confiance. Mais
j'étais déterminé à arriver à mes fins un jour
ou l'autre. Finalement, l'occasion s'en présen-
ta.

L'une des tâches des jeunes apprentis consistait à apporter le café et les rafraîchissements à l'officier de service, vers le milieu de
sa veille. C'était toujours au moment où la Station traversait le méridien de Greenwich. Puisqu'il nous fallait exactement cent minutes
pour accomplir le voyage autour de la Terre,
tout était basé sur ce laps de temps et nos
pendules étaient ajustées pour donner une
« heure » locale à cette longueur. Au bout d'un
moment, on s'habituait tellement à ce rythme
qu'on était capable de juger de l'heure par un
simple coup d'œil sur la Terre, en identifiant
le continent qui se trouvait en dessous.

Le café, comme toutes les boissons, était
transporté dans des « containers » clos (sur-
nommés « bouteilles à lait ») et devait être

consommé en aspirant dans des tubes en plastique ; aucun liquide évidemment, ne pouvait couler en l'absence de gravité. Les rafraîchissements étaient apportés au poste de commande dans un léger cadre percé de trous pour les divers « containers », et leur arrivée était toujours très appréciée par l'équipe de service, sauf quand ils avaient à accomplir une opération urgente et étaient trop occupés pour être distraits même un court instant.

Je dus employer une bonne dose de persuasion avant d'arriver à convaincre Tim Benton de me confier cette corvée. Je fis valoir que d'autres camarades pourraient ainsi s'occuper de travaux plus importants, à quoi il répondit que c'était là une des tâches qu'ils préféraient. Mais, finalement, il y consentit.

J'avais été soigneusement minuté et, juste au moment où la Station passait au-dessus du Golfe de Guinée, j'arrivais devant le poste de commande en agitant ma petite clochette. (Il y avait un tas de bizarres coutumes comme celle-là, à bord de la base). L'officier de service cria : « Entrez ! » Je pilotai mon plateau à travers la porte et passai les sandwiches et les boissons à la ronde. La dernière « bouteille à lait » parvint à son destinataire juste comme nous défilions au-dessus de la côte africaine.

Ils avaient dû être prévenus de mon arrivée, car personne ne sembla le moins du monde surpris de me voir. Il me fallait attendre pour collecter les récipients vides et j'eus une belle occasion de détailler le poste. Epousant la forme d'un dôme, il était d'une propreté immaculée. Un large panneau de verre courait tout autour. En dehors de l'officier et de son adjoint, il y avait là plusieurs opérateurs de radio devant leurs appareils, cependant que d'autres hommes travaillaient sur des instruments que je ne pus identifier. Des cadrans et des écrans de T.V. étaient partout, des lampes s'allumaient et s'éteignaient, mais tout se passait en silence. Les opérateurs, assis devant leur petite table, portaient des casques et des laryngophones, de sorte qu'ils pouvaient parler sans se gêner mutuellement. Le spectacle de ces spécialistes au travail était fascinant. Depuis ce poste, ils dirigeaient des fusées à des milliers de kilomètres, gardaient le contact avec les autres stations de l'Espace ou avec la Lune, vérifiaient les innombrables instruments dont dépendaient nos existences.

L'officier responsable était assis devant un immense bureau recouvert de verre, sur lequel brillait un réseau compliqué de lampes de couleur. C'était le reflet de la Terre, des orbites d'autres stations et de la direction suivie par toutes les fusées dans cette partie de l'Espace. De temps en temps, il prononçait tranquillement quelques mots dans un mouvement à peine perceptible des lèvres et je savais qu'un ordre venait de s'envoler vers une fusée arrivante, lui signifiant de s'écarter un peu plus loin ou de se préparer à la prise de contact.

Je n'osai pas m'attarder, une fois mon travail terminé ; mais j'eus une nouvelle chance le lendemain. Le trafic étant calme, l'un des techniciens fut assez aimable pour me faire visiter les installations. Il me laissa écouter quelques conversations radio et m'expliqua le fonctionnement du grand panneau lumineux. Cependant, l'instrument qui m'impressionnait le plus était le cylindre de métal brillant, couvert de manettes et de lampes clignotantes, qui occupait le centre du poste.

— Cela, dit fièrement mon guide, c'est le C.O.P.A.H.

— Le... quoi ? demandai-je.

— C'est une abréviation pour : Calculateur d'Orbite pour Pilotage Automatique...

Je réfléchis un instant.

— Et que signifie le H ?

— C'est ce que tout le monde se demande. Il ne signifie rien du tout.

Il se tourna vers l'opérateur.

— Qu'a-t-il établi pour l'instant ? demanda-t-il.

L'homme donna une réponse qui consistait principalement en formules mathématiques, mais je saisis le mot « Vénus ».

— Bon, supposons que nous voulions partir pour Vénus. Mettons... dans quatre heures d'ici.

Ses mains effleurèrent un clavier qui ressemblait à celui d'une énorme machine à écrire.

Je m'attendais à entendre le C.O.P.A.H. bruire et cliqueter, mais seules quelques ampoules changèrent de couleur et ce fut tout. Puis, au bout d'environ dix secondes, un vibreur grésilla deux fois et un ruban de papier glissa hors d'une fente. Il était couvert de chiffres imprimés, étroitement serrés.

— Et voilà tout ce que tu dois savoir : la direction de départ, les éléments de l'orbite, le temps de vol, le moment où le freinage devra commencer... Il ne te manque plus qu'une fusée !

Je me demandai combien de centaines de

calculs le cerveau électronique avait dû accomplir en ces quelques secondes. Le voyage
interplanétaire était vraiment une affaire très
compliquée, si compliquée qu'elle me décou-
rageait quelquefois. Mais je me disais alors
que ces hommes ne paraissaient pas plus intelligents que moi, et qu'ils étaient seulement
extrêmement entraînés. En travaillant avec
beaucoup d'opiniâtreté, on pouvait surmon-
ter n'importe quelle difficulté.

Mon séjour sur la Station Intérieure tou-
chait maintenant à sa fin, mais non pas de la
façon dont on s'y attendait. J'avais glissé dans
la tranquille routine de la vie quotidienne. On
m'avait expliqué que rien de passionnant n'arrivait jamais ici et que j'aurais aussi bien fait
de demeurer sur Terre si je voulais des émo-
tions. Ce fut pour moi une légère déception,
mais j'espérais quand même qu'un incident
sortant de l'ordinaire se produirait pendant
mon séjour, sans pouvoir imaginer de quelle
nature il pourrait être. Il se trouva que mon
vœu fut exaucé !

Mais, avant d'en arriver là, je crois qu'il me
faut vous parler un peu des autres Stations
de l'Espace, que j'ai négligées jusqu'ici.

La nôtre, située à huit cents kilomètres d'altitude seulement, était la plus proche de la
Terre ; il en existait d'autres qui accomplissaient des tâches tout aussi importantes, à
de plus grandes distances. Evidemment, plus
elles étaient éloignées, plus il leur fallait de
temps pour accomplir une révolution complète. Notre « jour » durait cent minutes, mais
les stations les plus lointaines ne bouclaient
leur orbite qu'en vingt-quatre heures, avec de

curieuses conséquences dont je parlerai plus tard.

Le but de la Station Intérieure, ainsi que je l'ai expliqué, était de fonctionner comme base de ravitaillement en carburant, comme centre de réparations et de transit pour les fusées interplanétaires, à l'aller et au retour. Pour ce travail, il était indispensable de se trouver aussi près que possible de la Terre ; une altitude beaucoup inférieure à huit cents kilomètres n'aurait pas été sûre, car les dernières traces d'air frustreraient la station de sa vitesse et lui feraient éventuellement courir le risque de s'écraser.

D'un autre côté, les Stations Météos devaient être installées assez loin afin qu'elles puissent « voir » une portion de la Terre aussi étendue que possible. Il en existait deux, à dix mille kilomètres d'altitude, achevant le tour du globe toutes les six heures et demie. Comme la Station Intérieure, elles se déplaçaient au-dessus de l'Equateur. De la sorte, elles avaient une vue s'étendant beaucoup plus au Nord et au Sud que la nôtre, mais les régions polaires étaient toujours invisibles ou sérieusement déformées. D'où l'existence de la Station Météo Polaire qui, au contraire de toutes les autres, possédait une orbite passant au-dessus des Pôles. Ensemble, les trois stations pouvaient avoir une vision pratiquement continue des conditions atmosphériques sur la planète tout entière.

De grands travaux astronomiques se poursuivaient également sur ces stations, et de gigantesques télescopes y avaient été construits, flottant dans une orbite libre où leur poids ne **comptait pas.**

Au-delà des Stations Météos, à vingt-quatre mille kilomètres d'altitude, évoluaient les laboratoires de biologie et le fameux Hôpital de l'Espace. Là étaient menées d'importantes recherches ; de nombreuses maladies qui étaient incurables sur Terre pouvaient y être traitées, grâce à la gravité zéro. Par exemple, le cœur n'avait plus à travailler aussi durement pour pomper le sang à travers le corps et pouvait ainsi être soumis à un repos qui aurait été irréalisable sur la planète.

Finalement, à trente-cinq mille kilomètres d'altitude, se trouvaient les trois grandes Stations Relais. Exactement un jour leur était nécessaire pour terminer une révolution, ce qui donnait l'illusion, depuis la Terre, qu'elles étaient toujours aux mêmes endroits. Réunies les unes aux autres par des faisceaux serrés d'ondes radiophoniques, elles procuraient un rayonnement de T.V. couvrant toute la planète. Et non seulement la télévision, mais toutes les transmissions radio-téléphoniques à grande distance passaient par la Chaîne de Relais, dont la construction à la fin du XXᵉ siècle avait complètement révolutionné les communications mondiales.

L'une de ces stations, se trouvant à quatre-vingt-dix degrés de latitude Ouest, desservait les Amériques. Une seconde, à trente degrés Est couvrait l'Europe et l'Afrique. La troisième à cent cinquante degrés Est, était au service de toute la zone du Pacifique. Il n'existait aucun endroit sur Terre d'où vous ne pouviez recevoir l'une ou l'autre de ces trois stations ; le Soleil, la Lune et les autres planètes pouvaient se lever et se coucher, mais les trois Stations Relais ne modifiaient jamais leur position dans le ciel.

Les différentes orbites étaient reliées par un service de petites fusées qui effectuaient les traversées à des intervalles différents. Mais le trafic était peu important entre les diverses stations, car la plupart de leurs rapports étaient traités directement avec la Terre. Au début, j'avais espéré pouvoir visiter quelques-unes de nos voisines ; mais quelques questions m'avaient démontré que je n'en avais pas la moindre chance. Je devais rentrer chez moi dans une semaine et il n'y avait plus aucune place disponible pour les traversées des huit prochains jours. Et même s'il y en avait eu, me précisa-t-on, on aurait pu emmener d'autres marchandises beaucoup plus utiles...

J'étais sur le « Morning Star » en train de regarder Ronnie Jordan mettre la touche finale à une belle maquette d'astronef lorsque la radio appela. C'était Tim Benton, qui était de service sur la Station. Il paraissait très énervé.

— C'est Ronnie ? Y a-t-il quelqu'un d'autre là ? Roy seulement ? Bon, ça ne fait rien. Ecoute-moi, c'est très important.

— Vas-y ! répliqua Ronnie.

Nous étions tous les deux considérablement surpris car nous n'avions jamais entendu Tim parler d'une voix aussi émue.

— Nous voulons nous servir du « Morning Star ». J'ai promis au commandant qu'il serait prêt dans trois heures.

— Quoi ? haleta Ronnie. Je n'y crois pas !

— Pas le temps de discuter, je t'expliquerai plus tard. Les autres arrivent tout de suite avec leur équipement, puisque vous avez l'« Alouette » avec vous. Et maintenant, prends note de cette liste et commence à pointer...

Pendant les vingt minutes qui suivirent, nous nous affairâmes à éprouver les commandes, du moins celles qui marchaient encore. Nous nous demandions ce qui s'était passé, mais nous étions trop occupés pour nous livrer à une longue méditation. Heureusement, j'avais appris à me débrouiller à l'intérieur du « Morning Star » et je pus donner un bon coup de main à Ronnie, en lui rappelant notamment les chiffres des cadrans.

Il y eut bientôt un bruit de choc et un claquement dans la soupape ; trois de nos collègues montèrent à bord, transportant des batteries et des outils. Ils avaient fait le voyage sur un de ces remorqueurs propulsés dont on se servait pour déplacer les fusées et les chargements autour de la Station. Ils apportaient avec eux deux barils de carburant, suffisamment pour remplir les réservoirs auxiliaires. C'est par eux que nous connûmes la raison de ce remue-ménage.

C'était un cas médical urgent. Un vaisseau joignant Mars à la Terre venait d'accoster à la Station Résidentielle et l'un de ses passagers était tombé gravement malade. Il devait subir une intervention chirurgicale dans les dix heures. La seule chance de le sauver, c'était de l'emmener à l'Hôpital de l'Espace, mais il n'y avait malheureusement aucun appareil disponible pour faire la traversée. Toutes les fusées en transit à la Station Intérieure avaient leurs horaires tracés et il faudrait attendre au moins un jour avant de pouvoir faire quelque chose.

Tim avait eu l'idée de proposer l'affaire au commandant. Le « Morning Star » — soulignat-il — avait été soigneusement entretenu et les exigences requises pour un voyage de cette nature étaient réellement insignifiantes. On aurait seulement besoin d'une petite quantité de carburant et il ne serait même pas nécessaire de se servir des moteurs principaux. La traversée tout entière pourrait se faire au moyen des seuls propulseurs auxiliaires.

Puisqu'il n'existait aucune autre solution, le commandant Doyle avait accepté, à contrecœur et en posant un certain nombre de conditions. Nous devions d'abord amener le « Morning Star » à la Station par ses propres moyens pour y faire le plein. Ensuite, il piloterait lui-même.

Au cours de l'heure suivante, je fis mon possible pour me rendre utile et être accepté comme membre de l'équipage. Mon principal travail consistait à faire le tour de l'appareil et à attacher solidement les objets épars qui pouvaient aller se fracasser un peu partout dès le départ. (Peut-être est-ce un peu exagéré de parler de « fracas », car nous ne devions pas utiliser beaucoup de vitesse. Mais tout objet en dérive pouvait causer un ennui et pouvait même devenir dangereux s'il allait se loger où il ne fallait pas).

Ce fut un beau moment lorsque Norman Powell fit démarrer les moteurs. Il donna progressivement un peu de puissance, tandis que chacun surveillait les cadrans pour prévenir tout danger. Pour plus de précaution, nous portions tous nos équipements pressurisés. Si un des moteurs explosait, nous n'avions probablement rien à craindre dans le poste de pilotage, mais l'éclatement pouvait provoquer un trou dans la coque.

Heureusement, tout se passa bien, selon les plans prévus. La douce accélération nous entraîna vers ce qui était soudainement devenu le plancher. Puis la sensation de poids cessa et tout redevint normal.

Les chiffres des cadrans furent étudiés avec soin, puis finalement, Norman annonça :

— Les moteurs paraissent O.K. Allons-y !

C'est ainsi que le « Morning Star » commença son premier voyage après une centaine d'années de repos. Une bien courte traversée, comparée à sa grande expédition sur Vénus. En fait, il y avait environ huit kilomètres du « cimetière » à la Station. Cependant, pour nous tous, c'était une véritable aventure et aussi une expérience réconfortante, car nous aimions beaucoup ce cher vieil appareil.

Nous atteignîmes la base au bout de cinq minutes à peu près et Norman stoppa les propulseurs plusieurs centaines de mètres avant, ne désirant prendre aucun risque pour son premier commandement. Les remorqueurs s'affairaient déjà et les câbles furent rapidement attachés. Le « Morning Star » fut hâlé par la Station.

Je compris qu'il vaudrait mieux me faire oublier. Derrière l'atelier (qui avait été autrefois la cale) se trouvaient plusieurs petits locaux, habituellement occupés par les vivres. La plus grande partie du matériel épars y avait été entassée et amarrée solidement. Malgré tout, il restait encore assez de place.

Je veux préciser une chose. Bien que le terme de « passager clandestin » eût été employé, je ne le considère pas du tout comme exact en l'occurrence. Personne ne m'avait réellement dit de quitter la fusée et je ne me cachais pas.

Si quelqu'un était entré par l'atelier pour fouiller dans la chambre aux vivres, il m'aurait vu. Personne ne le fit, à qui la faute ?

Le temps me semblait long. Je percevais des cris et des ordres distants et étouffés et, au bout d'un moment, je reconnus la pulsation caractéristique des pompes qui amenaient le carburant dans les réservoirs. Il y eut de nouveau un long intervalle. Le commandant Doyle devait attendre, me dis-je, l'instant où la fusée atteindrait le point correct dans son orbite autour de la Terre, avant d'actionner les moteurs. Je ne savais pas du tout quand cela devait se produire et mon incertitude était terrible.

Et puis, tout à coup le grondement des rockets éclata. La pesanteur fit son apparition et, après avoir glissé le long des parois, je me retrouvai debout sur un plancher ferme. Je fis quelques pas, par curiosité, et ne fus pas enchanté de l'expérience. Depuis quinze jours, je m'étais tellement habitué au manque de gravité que son retour temporaire était gênant.

Le tonnerre des moteurs dura trois ou quatre minutes, au bout desquelles j'étais presque complètement assourdi, bien que m'étant bouché les oreilles. (En fait, les passagers n'étaient pas censés voyager si près des rockets). Je fus assez heureux de percevoir finalement un relâchement de la propulsion et de constater que le grondement qui me submergeait commençait à faiblir. Le silence retomba bientôt, mais ma tête résonnait encore et mon ouïe ne redevint normale qu'au bout d'un certain temps. Mais je m'en moquais ! Le voyage était commencé et personne ne pouvait plus me renvoyer.

Je décidai d'attendre un moment avant de regagner le poste de pilotage. Le commandant Doyle devait encore s'affairer autour de ses instruments de contrôle et je ne voulais pas le déranger pendant qu'il était occupé. De plus, il me fallait inventer une histoire plus ou moins plausible.

Tout le monde fut très surpris de me voir. Le silence fut complet quand je me glissai par la porte en disant :

— Hello ! On aurait tout de même pu me prévenir que nous décollions !

Le commandant ne fit que me regarder fixement et, pendant un instant, je ne pus savoir s'il allait ou non se fâcher. Finalement, il grogna :

— Que fais-tu à bord ?

— J'étais en train d'amarrer les appareils dans les réserves.

Il se tourna vers Norman, qui parut assez malheureux.

— Est-ce exact ?

— Oui, commandant. Je lui avais dit de le faire, mais je pensais qu'il avait fini.

L'officier réfléchit quelques secondes et déclara :

— C'est bon, nous n'avons pas le temps de voir ça maintenant. Tu es là et nous devrons nous accommoder de toi.

Ce n'était pas très flatteur, mais ç'aurait pu être pire. Et l'expression de Norman valait le coup d'être vue.

L'équipage du « Morning Star » — à part moi — se composait de Tim Benton, qui était en train de me regarder avec un sourire cocasse, et de Ronnie Jordan qui évitait systématiquement mon regard. Nous avions deux

passagers. Le malade — il avait sans doute
été drogué, car il resta inconscient tout au
long du voyage — était sanglé sur un bran-
card fixé contre une paroi. Avec lui était un
jeune docteur qui ne faisait que regarder an-
xieusement sa montre et, de temps à autre,
administrait une piqûre à son patient. Je ne
crois pas qu'il ait prononcé plus d'une douzaine de mots pendant toute la traversée.

Tim m'expliqua plus tard que le malade
souffrait d'une sorte d'affection aiguë de l'es-
tomac, heureusement très rare, causée par le
retour à la gravité. Une chance pour lui qu'il
soit parvenu juste à temps dans l'orbite de la
Terre. S'il était tombé malade au cours des
deux mois de voyage, les ressources médica-
les de l'astronef n'auraient pas suffi à le sauver.

Aucun d'entre nous n'avait quoi que ce soit
à faire tandis que le « Morning Star » traçait
sa longue courbe qui l'amènerait dans quelque trois heures et demie à l'Hôpital de l'Espace. La Terre se rétrécissait derrière nous et
ne remplissait déjà plus la moitié du ciel.
Nous pouvions voir beaucoup plus de sa surface qu'il n'était possible sur la Station, celle-
ci effleurant de trop près l'Equateur. Vers le
Nord, la Méditerranée fut en vue ; puis le Japon et la Nouvelle-Zélande apparurent presque simultanément à l'horizon opposé.

Et la Terre diminuait toujours. Elle était
maintenant une petite sphère suspendue dans
l'Espace, suffisamment petite pour que le regard l'embrassât en une seule fois. Je pouvais
à présent voir si loin vers le Sud que la grande
coiffe de glace de l'Antarctique se révélait

comme une frange d'un blanc luisant, au-dessus de la pointe de la Patagonie.

Nous étions à vingt-quatre mille kilomètres d'altitude, sur la route de l'Hôpital de l'Espace. Dans un moment, à notre entrée dans l'orbite, nous aurions à nous servir de nouveau des rockets. Cette fois, pourtant, à l'intérieur de la cabine insonorisée, ce serait une épreuve beaucoup moins désagréable pour moi.

L'impression de poids accompagna le retour du grondement. Il y eut un formidable débit de puissance qui se prolongea pendant la manœuvre, puis, après une série de courtes corrections, tout s'arrêta. Le commandant Doyle se détacha du siège de pilotage et se glissa jusqu'au hublot d'observation. Ses instruments lui disaient où il se trouvait d'une façon certainement plus précise que ses yeux ne pouvaient le faire, mais il voulait connaître la satisfaction de regarder lui-même. Je me dirigeai également vers un hublot encore libre.

A nos côtés flottait dans l'Espace ce qui semblait être une grande fleur de cristal, sa face tournée en plein vers le Soleil. Je n'avais rien sous les yeux qui me permît de juger de ses dimensions réelles et de son éloignement, mais, à travers les parois transparentes, je distinguai bientôt de petites silhouettes qui se déplaçaient et je perçus des reflets solaires sur des machines et sur des dispositifs complexes. Je me rendis compte alors que la Station avait plus de cent cinquante mètres de diamètre ; l'installation de tout ce matériel, à vingt-quatre mille kilomètres au-dessus de la Terre, avait dû coûter des sommes effarantes. Pourtant, je me rappelai que seule une petite partie avait dû provenir de la Terre même, car, comme toutes les autres stations, l'Hôpital de l'Espace avait été construit presque entièrement d'éléments manufacturés sur la Lune.

Tandis que nous approchions lentement, je pus apercevoir, sur les ponts d'observation et dans les salles recouvertes de verre, des gens qui s'étaient groupés pour regarder notre arrivée. Pour la première fois, il me vint à l'idée que ce vol du « Morning Star » était une espèce d'événement dont toutes les chaînes de radio ou de télévision parleraient. L'histoire avait tout pour plaire : la course pour sauver une vie et le noble effort d'un vieil appareil réformé !

Les remorqueurs-fusées s'occupaient de nous et leurs câbles de traction commencèrent bientôt à nous hâler. Quelques minutes plus tard, les deux soupapes s'assemblaient et nous pouvions pénétrer à l'intérieur de l'hôpital par le conduit de jonction. Nous laissâmes tout d'abord passer le docteur et son malade toujours inconscient, puis nous avançâmes vers la foule qui se préparait à nous accueillir.

Je n'aurais voulu manquer cet accueil pour rien au monde et je suis certain que le commandant y trouva autant de plaisir que n'importe lequel d'entre nous. On nous fit de grands éloges et nous fûmes traités en héros. Je n'avais pas fait la moindre chose et ma présence n'était pas justifiée (il y eut même quelques questions embarrassantes à ce propos) mais on me considéra exactement comme les autres. On nous fit véritablement les honneurs de la place.

J'appris peu après que nous devrions attendre ici pendant deux jours avant de retourner sur la Station Intérieure, car il n'y avait aucun départ pour la Terre avant cette date. Bien sûr, nous aurions pu utiliser de nouveau le « Morning Star », mais le commandant Doyle s'y opposa.

— Je veux bien tenter la chance un coup, dit-il. Mais je ne recommencerai pas. Avant de faire un nouveau voyage, le vieux tacot devrait subir une révision générale. Je ne sais pas si vous l'avez remarqué, mais la température de la chambre de combustion commençait à s'élever d'une drôle de façon en arrivant. Et il y avait à peu près six autres instruments qui ne se comportaient pas tout à fait comme ils auraient dû... Je ne veux pas jouer les héros deux fois par semaine : la deuxième fois pourrait être la dernière.

Je pense que c'était une attitude raisonnable, mais nous fûmes un peu dépités. A cause de cette précaution, le « Morning Star » ne rejoindrait pas sa place habituelle avant un mois, à la grande contrariété de ses fidèles habitués.

Généralement, les hôpitaux sont des endroits assez déprimants, mais celui-ci était différent. Ici, quelques patients seulement étaient sérieusement malades, bien que sur Terre la majorité d'entre eux eût déjà passé de vie à trépas (ou peu s'en faut) par l'effet de la gravité sur leur cœur affaibli. Beaucoup pourraient éventuellement retourner sur notre planète, d'autres ne pourraient vivre sans danger que sur la Lune ou Mars, cependant que les cas les plus graves devraient rester constamment sur la station. C'était une sorte d'exil mais dont ils paraissaient assez heureux. L'hôpital était une immense résidence inondée de soleil et l'on pouvait s'y procurer presque tout ce que l'on trouvait sur Terre, c'est-à-dire tout ce qui n'était pas subordonné à la gravité.

Environ la moitié de la surface de la station était occupée par l'hôpital lui-même, le restant étant consacré aux recherches de différentes natures. On nous fit faire quelques intéressantes visites des laboratoires étincelants et immaculés. Et, au cours d'une de ces randonnées, voici ce qui arriva.

En l'absence du commandant, absorbé par quelque occupation à la Section Technique, nous avions été invités à visiter le Service de Biologie qui, nous avait-on promis, était d'un haut intérêt. Il se révéla que c'était là une sous-estimation.

On nous avait dit de rejoindre le docteur Hawkins dans le couloir 9, biologie n° 2. On peut facilement s'égarer sur une station de l'Espace, car ses habitants connaissaient parfaitement leur chemin et personne ne se soucie d'y installer des panneaux de direction. Bref, nous parvînmes dans ce que nous pensions être le couloir 9, mais nous ne vîmes aucune porte marquée « Biologie n° 2 ». Cependant, il y en avait une intitulée « Biophysique n° 2 » et, après quelques discussions, nous décidâmes que ce devait être la bonne et que, dans le cas contraire, il y aurait certainement quelqu'un à l'intérieur qui nous remettrait sur la bonne voie.

Tim Benton était en avant et il ouvrit la porte prudemment.

— Je n'y vois rien, grommela-t-il. Pouah ! ça sent comme chez un marchand de poissons un jour d'été !

Je lorgnai au-dessus de son épaule. La clarté était en effet très faible et je ne pus distinguer que des formes vagues. Il faisait aussi très chaud et des jets d'eau pulvérisée jaillissaient continuellement de tous côtés. Il régnait là-dedans une odeur particulière que je ne réussis pas à définir, une sorte de compromis entre l'atmosphère d'un zoo et celle d'une serre.

— Cet endroit ne vaut rien, grommela Ronnie d'un air dégoûté. Essayons de voir ailleurs.

— Une minute ! s'exclama Norman dont les yeux s'étaient accoutumés à l'obscurité plus vite que les miens. Qu'est-ce que vous croyez ! Il y a un arbre ici ! Tout au moins, ça lui ressemble, bien qu'il ait une forme rudement bizarre...

Il s'avança et nous nous glissâmes derrière lui, attirés par une curiosité. Je réalisai que mes compagnons n'avaient probablement pas vu un seul arbre ou même un seul brin d'herbe depuis de nombreux mois. Pour eux, contempler un peu de végétation serait une véritable nouveauté.

Je voyais mieux, à présent. Nous étions dans une très grande pièce, avec des cages vitrées et des bocaux tout autour de nous. L'air était rempli d'une buée vaporisée par d'innombrables pulvérisateurs et j'eus l'impression de me trouver dans la chaleur humide d'une jungle tropicale. Il y avait des groupes de lampes partout, mais elles étaient éteintes et nous ne pouvions mettre la main sur le commutateur...

A une douzaine de mètres de là se dressait l'arbre que Norman avait remarqué. Il s'agissait, à vrai dire, d'un objet peu commun : un tronc droit et mince sortait d'une boîte de métal à laquelle étaient reliés différents tuyaux et pompes. Il n'y avait pas de feuilles, mais

seulement une douzaine de fines branches qui
se terminaient en pointe et retombaient mollement, d'un air plutôt désolé. On aurait dit
un saule dépouillé de tout son feuillage. Un
continuel ruissellement d'eau était répandu sur
lui par de nombreux jets qui ajoutaient encore
à l'humidité générale de l'air. Je commençais
à trouver difficilement ma respiration.

— Ça ne peut pas provenir de la Terre, déclara Tim. Et je n'ai jamais entendu parler de
quelque chose de semblable sur Mars ou sur
Vénus...

Nous nous étions approchés tout près de
l'objet, et plus nous nous approchions, plus il
nous répugnait. C'est du moins ce que je ne
pus m'empêcher de dire, mais Norman ne
fit qu'en rire.

Son hilarité se changea soudain en un cri
d'effroi. Brusquement, le maigre tronc s'était
penché vers nous et ses longues branches se
détendaient comme des fouets. L'une s'enroula
autour de ma cheville, une autre me saisit par
la taille. Je fus trop épouvanté pour crier. Je
venais de réaliser que cette chose n'était pas
du tout un arbre, et que ces « branches » étaient
des tentacules...

CHAPITRE VII

Ma réaction fut instinctive et violente. Je
flottais à mi-hauteur et il m'était impossible de
m'agripper à quelque chose de solide, mais je
pouvais encore me démener assez efficace-

ment. Les autres faisaient de même. J'entrai
bientôt en contact avec le plancher et je pus
donner un puissant coup de pied. Les minces
tentacules relâchèrent leur étreinte tandis que
j'étais projeté en l'air. Je réussis à saisir juste à temps l'installation électrique pour m'empêcher de m'écraser au plafond, et jetai un
coup d'œil en bas pour voir ce qu'étaient devenus mes compagnons.

Tous deux étaient parvenus à se dégager et
je compris, maintenant que ma peur s'apaisait,
combien ces tentacules étaient faibles en réalité. Si nous nous étions trouvés sur une as-
sise solide avec l'aide de la gravité, nous aurions pu nous libérer sans mal. Même ici, aucun d'entre nous n'avait subi de dommage;
mais nous étions tous très effrayés.

— Qu'est-ce que c'est que cet engin-là ? haleta Benton en reprenant sa respiration et en
se dépêtrant d'une espèce de conduite en caoutchouc qui courait le long du mur.

Mais chacun était trop bouleversé pour répondre. Nous prenions en frissonnant la direction de la sortie quand un flot de lumière se
répandit brusquement, cependant qu'une voix
s'écriait :

— Que signifie tout ce bruit ?...

Une porte s'ouvrit et un homme en blouse
blanche glissa à l'intérieur. Il nous contempla
un instant et dit :

— J'espère que vous n'avez pas taquiné
Cuthbert ?

— Le... taquiner ! bredouilla Norman. Je n'ai
jamais eu aussi peur de ma vie ! Nous étions à
la recherche du docteur Hawkins et nous sommes tombés sur ce... monstre.

L'autre se mit à rire. Il se propulsa depuis

la porte et s'approcha en flottant du groupe des tentacules maintenant immobiles.

— Attention, grands dieux ! hurla Tim.

Nous assistâmes à la scène, fascinés par l'horreur. Dès que l'homme arriva à portée, les frêles trompes se détendirent une fois de plus et s'enroulèrent autour de son corps. Il leva simplement un bras pour protéger son visage mais ne fit aucun autre mouvement pour se dérober.

— Je crains que Cuthbert ne soit pas de très bonne humeur, dit-il. Il s'imagine que tout ce qui s'approche de lui est de la nourriture et il s'en saisit. Mais nous ne sommes pas très digestes et il nous laisse bientôt tomber. Comme cela, vous voyez...

Les tentacules se relâchaient déjà. Dans un geste qui semblait exprimer un profond dédain, ils rejetèrent leur captif, qui éclata de rire en voyant nos expressions de frayeur.

— Il n'est pas très solide non plus... Rien de plus facile que de s'en dégager, même s'il voulait vous garder.

— Malgré tout, fit Norman avec dignité, je ne crois pas qu'il soit raisonnable de laisser un tel animal dans ces parages. En fin de compte, qu'est-ce que c'est ? De quelle planète vient-il ?

— La réponse vous surprendra, mais je laisse au docteur Hawkins le soin de vous expliquer. Il m'a envoyé vous chercher quand il a vu que vous n'arriviez pas. Je regrette que Cuthbert vous ait causé une telle frayeur. Cette porte aurait dû être fermée, c'est dans doute un oubli.

Et ce fut toute la consolation que nous obtînmes. Je crois que notre mésaventure nous laissa dans de mauvaises dispositions pour les prochaines visites, mais, malgré ce faux départ, nous trouvâmes les laboratoires de biologie très intéressants. Le docteur Hawkins, qui en dirigeait les recherches, nous parla de ses travaux et de quelques-unes des séduisantes perspectives que la basse gravité avait ouvertes dans le domaine de la prolongation de la vie.

— Sur la Terre, dit-il, notre cœur doit combattre la gravité dès la naissance. Le sang est continuellement pompé à l'intérieur du corps, de la tête au pied. Il n'y a que lorsque nous sommes étendus que le cœur prend vraiment du repos, mais, même pour les plus paresseux, cette position ne représente dans le temps qu'à peu près un tiers de la vie. Tandis qu'ici, le cœur n'a aucun travail à accomplir contre la gravité.

— Alors, pourquoi, n'accélère-t-il pas comme une machine qui n'a plus de chargement ? demanda Tim.

— C'est une bonne question. Et voilà la réponse : la Nature nous a pourvus d'un merveilleux régulateur automatique. Il y a encore beaucoup à faire contre la friction dans les veines et les artères. Nous ne savons pas encore très bien quelle différence va procurer la gravité zéro, car il n'y a pas suffisamment longtemps que nous sommes dans l'Espace, mais nous pensons que la durée moyenne de la vie pourrait y être de plus de cent ans. Elle y sera peut-être aussi longue que sur la Lune ! Si nous pouvions démontrer cela, il serait possible que ce soit le signal d'un exode massif des vieillards hors de la Terre... Naturellement, il ne s'agit encore que de suppositions. Je vais maintenant vous montrer une chose qui, je crois, est assez passionnante.

Il nous conduisit dans une pièce dont les murs étaient presque entièrement couverts de cages de verre remplies de créatures que je ne pus identifier au premier abord. Je poussai ensuite une exclamation étonnée.

— Ce sont des mouches ! Mais... d'où viennent-elles ?

Ces mouches, en effet, avaient trente centimètres et plus d'envergure !

Le docteur Hawkins sourit.

— Toujours l'absence de gravité, dit-il, et aussi quelques hormones spéciales... Sur la Terre, voyez-vous, le poids d'un animal est principalement fonction de ses dimensions. Une mouche de cette taille ne pourrait jamais s'élever dans l'air. Regardez comme c'est étrange de voir voler celles-ci. On distingue nettement l'aisance des battements d'ailes.

— Et quelle est cette espèce de mouches ? demanda Tim.

— La « Drosophile » ou mouche à fruit. Elle se multiplie rapidement et a été l'objet d'études, sur la Terre, depuis environ un siècle et demi. En remontant jusqu'à 1920, on peut trouver trace du pedigree de celle-ci !

Personnellement, je croyais que les biologistes s'occupaient de choses sérieuses ; mais sans doute savaient-ils ce qu'ils faisaient. Le résultat final devait certainement être impressionnant et désagréable. Les mouches ne sont pas d'appétissantes créatures, même à leur taille normale...

— Et voici qui fait plutôt contraste, poursuivit le docteur Hawkins en procédant à la mise au point d'un microscope à grande pro-

jection. Vous pourrez voir, par ailleurs, ce gail-
lard en personne, au naturel bien entendu.

Il poussa un bouton et un cercle de lumière
jaillit sur l'écran. Nous avions sous les yeux
l'image d'une goutte d'eau. D'étranges boulet-
tes gélatineuses apparurent, cependant que de
minuscules créatures vivantes s'agitaient dans
le champ de vision. Et là, au milieu, remuant
ses tentacules, se trouvait...

— Mais ! s'exclama Ronnie... C'est la bestio-
le qui nous a attrapés !...

— Vous avez entièrement raison, répliqua le
docteur. Cela s'appelle un hydre, et le plus gros
n'a pas plus de deux millimètres et demi. Vous
voyez que Cuthbert ne vient pas de Mars ou
de Vénus, mais bien de la Terre. Il constitue
notre expérience la plus ambitieuse à ce jour...

— Quel est le but de cette expérience ? demanda Tim.

— Eh bien, vous pouvez étudier ces êtres
beaucoup plus facilement lorsqu'ils ont cette
taille. Notre connaissance des créatures vivantes s'est accrue énormément depuis que
nous pouvons réaliser ces sortes de choses. Je
dois admettre, cependant, que nous avons plutôt exagéré en ce qui concerne Cuthbert. Il
nous faut déployer un rude effort pour le
maintenir en vie et nous n'essayerons certainement pas de battre ce record.

Ensuite, on nous emmena de nouveau visiter Cuthbert. Cette fois, la lumière inondait
la pièce : nous étions vraisemblablement entrés dans le laboratoire pendant l'une des courtes périodes de « nuit » artificielle. Bien qu'on
nous eût appris que l'animal était sans danger,
nous conservions nos distances. Pourtant, on
persuada Tim Benton de lui offrir un mor-

ceau de viande crue, lequel fut agrippé par
l'un des minces bras et fourré dans l'orifice
supérieur du long et svelte « tronc ».

— J'aurais dû vous expliquer, dit le docteur
Hawkins, que les hydres paralysent habituellement leurs victimes en les piquant. Il y a des
poches de poison tout au long de ces tentacules, mais nous avons pu les neutraliser. Sans
quoi Cuthbert aurait été aussi dangereux
qu'une nichée de cobras.

J'eus envie de dire le peu de bien que je pensais de leurs goûts en matière d'élevage, mais je
me rappelai à temps qu'après tout nous
n'étions ici que des invités...

*
* *

Notre visite à la « Section de la Gravité » fut
un autre fait saillant de notre séjour à l'Hôpital. J'ai déjà dit que certaines Stations de l'Espace produisaient une sorte de gravité artificielle en pivotant lentement sur leur axe. A
l'intérieur de celle-ci se trouvait un immense
tambour centrifuge qui avait le même effet.
On nous emmena faire un tour à l'intérieur,
d'abord pour nous distraire et aussi pour un
test sérieux de nos réactions devant le retour
de la pesanteur.

La chambre de gravité était un cylindre
d'environ quinze mètres de diamètre, suppor-
té à chaque bout par des pivots et actionné
par des moteurs électriques. Nous entrâmes
par une porte pratiquée sur le côté et nous
nous trouvâmes dans une petite pièce qui, sur
la Terre, aurait semblé parfaitement normale.
Il y avait des gravures qui ornaient les murs
et même une installation électrique qui pen-
dait du « plafond ». Tout avait été aménagé

pour créer l'illusion d'optique, que le « haut »
et le « bas » existaient de nouveau.

Nous prîmes place sur des sièges confortables et nous attendîmes... Bientôt, nous perçûmes une légère vibration et une sensation de mouvement : la chambre commençait à tourner. Très lentement, une impression de lourdeur se mit à me gagner. Mes jambes et mes bras ne se mouvaient plus qu'au prix d'un réel effort. J'étais une nouvelle fois l'esclave de la gravité ; je ne pouvais plus me déplacer en l'air aussi librement qu'un oiseau...

Un haut-parleur nous donna des instructions.

— Nous maintiendrons constamment cette vitesse. Levez-vous et marchez, mais soyez prudents.

Je me levai de mon siège, mais je fus sur le point de retomber sous le coup de l'effort.

— Diable ! m'exclamai-je. Quel poids nous a-t-on donné ? Je me sens comme si j'étais sur Jupiter !

L'opérateur avait dû saisir ces mots, car on l'entendit rire dans le haut-parleur.

— Vous pesez exactement la moitié du poids que vous aviez sur Terre, dit-il. Cela paraît beaucoup, n'est-ce pas, après ce manque total de pesanteur pendant deux semaines ?

Ces paroles éveillèrent en moi une perspective qui m'attrista un peu. Ainsi, lorsque je rentrerais sur Terre, je pèserais deux fois autant ! Notre instructeur devina probablement mes pensées.

— Pas la peine de vous en faire ! Vous vous êtes habitués assez rapidement lors du départ ; il en sera de même pour le retour. Les premiers jours de votre arrivée, il faudra prendre garde et essayer de vous souvenir que vous ne pouvez plus vous jeter de l'étage supérieur et descendre en planant doucement vers le sol.

Ça peut paraître idiot, mais c'était précisément à ce genre de comportement que je m'étais habitué ici. Je me demandai combien d'hommes de l'Espace s'étaient cassé le cou en rentrant sur la Terre...

A l'intérieur du tambour centrifuge, nous essayâmes tous les tours qu'il était impossible de pratiquer sous la gravité zéro. C'était amusant d'observer les liquides qui coulaient en mince filet et restaient tranquillement au fond du verre. Je faisais sans arrêt de petits sauts, simplement pour constater que je retombais rapidement à la même place.

Finalement, on nous ordonna de regagner nos sièges ; les freins furent actionnés et le tournoiement de la chambre s'arrêta. Nous étions de nouveau impondérables, nous retrouvions la vie normale !

J'aurais bien aimé rester sur la station-hôpital pendant une bonne semaine, afin d'explorer complètement la place. On y trouvait toutes sortes de choses qui n'existaient pas sur la Station Intérieure, et mes compagnons, qui n'étaient plus allés sur la Terre depuis des mois, appréciaient son luxe encore plus que moi. C'était étrange de voir des magasins et des jardins... et d'aller même au théâtre ! Cette dernière expérience fut pour moi vraiment inoubliable. Grâce à l'absence de gravité, on pouvait entasser un nombreux public dans une place restreinte et chacun avait une vue excellente. Mais le producteur, qui devait d'une manière ou d'une autre donner une illusion de pesanteur, se trouvait devant un problème difficile. En effet, dans une pièce de Shakespeare, par exemple, c'eût été ridicule de voir les personnages flotter dans l'air à la ronde. Aussi les acteurs devaient-ils se servir de chaussures magnétiques, invention favorite des auteurs de l'ancienne science-fiction — dont cette application pratique fut la seule que je vis jamais.

La pièce que l'on interprétait était « Macbeth ». Personnellement, je n'apprécie pas beaucoup Shakespeare et je ne me rendis à la séance que parce que nous avions été invités et que cela aurait été grossier de s'abstenir. Mais je me félicitai d'être venu, car c'était vraiment tonique de voir à quel point les malades se divertissaient. Et puis, peu de gens peuvent se vanter d'avoir vu Lady Macbeth descendre en somnambule les escaliers avec des souliers magnétiques...

Il y avait encore une autre raison pour laquelle je n'étais pas pressé de retourner sur la Station Intérieure. En effet, dans trois jours de là, je devais monter à bord de la fusée-cargo prévue pour me ramener chez moi. J'avais eu une rude chance de pouvoir aller sur l'Hôpital de l'Espace, mais malgré tout, tant de choses m'étaient encore inconnues. Les Stations Météos, par exemple, avec leurs immenses télescopes flottants, et les Stations Relais, à onze mille kilomètres plus loin dans l'Espace... Tant pis, ce serait pour une autre fois.

Avant de prendre la fusée-ferry pour la Station, nous eûmes la satisfaction d'apprendre que notre mission avait été couronnée de succès. Le malade était hors de danger et avait de grandes chances de retrouver une guérison

complète. Mais — et ce détail donna un ton
d'ironie à toute l'affaire — ce serait désor-
mais périlleux pour sa santé de retourner sur
la Terre. Il avait accompli tous ces millions
de kilomètres pour rien et il en serait réduit
à regarder la planète à travers les télescopes
et à y découvrir les vertes prairies qu'il ne
pourrait plus jamais arpenter. Lorsque sa con-
valescence serait terminée, il devrait se rendre
sur Mars, où la gravité était plus faible.

La fusée qui vint nous chercher avait été
détournée de son trajet régulier de jonction
entre les Stations Observatoires. Quand nous
fûmes à bord, Tim Benton se mit à discuter
avec le commandant. A vrai dire, « discuter »
n'est pas le mot exact, car personne ne pouvait
se permettre de discuter avec le commandant
Doyle. Mais Tim disait avec beaucoup de regret que c'était vraiment dommage que nous
ne puissions rentrer avec le « Morning Star ».
L'officier ne fit que sourire et répondit :

— Attendez d'avoir vu le procès-verbal de sa
révision ! Alors vous changerez d'idée. Je pa-
rie qu'il a besoin de nouveaux revêtements de
chambres, pour le moins. Je me sens un peu
mieux sur un appareil qui a cent ans de moins !

Pourtant, s'il avait su ce qui devait se passer, je suis presque sûr qu'il nous aurait écou-
tés...

C'était la première fois que je pénétrais dans
une de ces fusées inter-orbites, à faible puissance — à moins qu'on ne veuille tenir compte
dans cette catégorie de notre « Alouette de
l'Espace », de fabrication maison.

Le poste de pilotage ressemblait beaucoup à
celui de n'importe quel autre astronef, mais,
de l'extérieur, le vaisseau paraissait vraiment

bizarre. Il avait été construit dans l'Espace et, bien entendu, n'était doté ni d'un profil aérodynamique, ni d'ailettes. La cabine en forme d'œuf était bâtie sans raffinement et elle se rattachait aux réservoirs et aux groupes moteurs par trois poutrelles à claire-voie. La plus grosse partie de la cargaison n'était pas chargée à l'intérieur de l'appareil, mais simplement amarrée à ce qui avait été assez astucieusement nommé le « filet à bagages », et qui consistait en une série de réseaux de fil de fer tressés, supportés par des montants. Pour les marchandises qui devaient être conservées sous une pression normale, il y avait une petite cale avec une seconde soupape, juste derrière le poste de pilotage. L'appareil avait été assurément construit plus par souci d'efficience que d'élégance.

Lorsque nous montâmes à bord, le pilote nous attendait et le commandant Doyle passa un certain temps à discuter avec lui de notre route.

Norman me chuchota à l'oreille :

— Ce n'est pas son affaire, mais il est tellement heureux de se retrouver dans l'Espace qu'il ne peut pas s'empêcher de parler de la navigation...

J'allais dire que je pensais que le commandant passait tout son temps dans l'Espace, quand je réalisai qu'à certains points de vue, son bureau à bord de la Station Intérieure n'était pas tellement différent d'un bureau sur la Terre...

Il nous restait près d'une heure avant le départ, un temps amplement suffisant pour toutes les vérifications et autres réglages de dernière minute. Je me rendis auprès du hublot de la plus proche couchette afin de pouvoir regarder l'Hôpital de l'Espace quand nous sortirions de son orbite pour retomber vers la Terre. Il était difficile de croire que cette grande fleur de verre et de plastique qui flottait dans l'Espace, sous un soleil inondant ses chambres, ses laboratoires et ses plateaux d'observations, tournait en réalité autour de la Terre à treize mille kilomètres à l'heure. En attendant le commencement de la traversée, je me remémorai les tentatives que j'avais faites pour expliquer les stations à ma mère. Comme beaucoup de gens, elle ne peut jamais réellement comprendre pourquoi elles ne « tombaient » pas.

— Ecoute, Mamy, lui avais-je dit. Elles se déplacent terriblement vite en faisant un grand cercle autour du globe. Et quand n'importe quel objet se déplace de cette façon, tu obtiens la force centrifuge. C'est exactement pareil lorsque tu fais tourner une pierre au bout d'une ficelle.

— Je ne fais pas tourner de pierres au bout de ficelles, avait-elle répondu. Et j'espère que toi non plus, tout au moins pas à la maison.

— Je te donnais seulement un exemple, avais-je répliqué avec impatience. C'est celui dont ils se servent toujours à l'école. Tout comme la pierre ne peut pas s'en aller à cause de l'attraction de la ficelle, une Station de l'Espace doit rester en place à cause de l'attraction de la gravité. Une fois qu'on lui a donné la vélocité convenable, elle demeure là, éternellement, sans avoir besoin d'énergie pour se déplacer. Elle ne peut pas perdre sa vitesse, parce que la résistance de l'air n'existe pas. Bien sûr, cette vélocité doit être soi-

gneusement calculée. Près de la Terre, où la
gravité est très puissante, une Station doit se
mouvoir rapidement pour demeurer dans l'Espace. C'est comme si tu attachais ton caillou
à un petit bout de ficelle, tu devrais le faire
tourner plus vite. Mais à des distances plus
grandes, où la gravité est plus faible, les stations peuvent se déplacer lentement.

— Oui, bien sûr, avait dit Mamy. Je savais
que c'était quelque chose comme ça. Mais voilà ce qui me tracasse : suppose que l'une des
stations perde malgré tout un peu de sa vitesse. Est-ce qu'elle ne tomberait pas? Tout
cela me paraît bien dangereux. C'est une espèce d'équilibre, et si jamais un détail ne collait pas...

Je ne connaissais pas encore la réponse convenable, à ce moment-là ; aussi m'étais-je bor-
né à dire :

— Eh bien, la Lune, elle, ne tombe pas et
elle reste toujours à la même place.

Ce fut seulement à bord de la Station Intérieure que j'appris la réponse, bien que j'eusse été capable de l'élaborer tout seul. Si la
vélocité d'une Station de l'Espace venait à di-
minuer, cette dernière se déplacerait tout simplement dans une orbite plus rapprochée. Il
faudrait rogner une bonne partie de sa vitesse avant qu'elle ne s'approche dangereusement
de la Terre et, pour ce faire, un freinage par
une énorme quantité de rockets serait nécessaire. Il n'était pas possible que cela arrivât
par accident.

Je regardai la pendule. Encore trente minutes...

Pourquoi avais-je tant envie de dormir tout
à coup ? Je m'étais pourtant bien reposé la

nuit précédente. Peut-être m'étais-je un peu
trop fatigué ?

— Eh bien, décidai-je, reposons-nous tranquillement, il n'y a rien d'autre à faire avant
l'arrivée à la Station Intérieure, dans quatre
heures d'ici... Quatre heures ? Ou quatre
jours ? Je ne peux vraiment plus me souvenir. Mais, de toute façon, ça n'a pas d'importance. Plus rien n'a d'importance à présent,
même pas le fait que tout s'estompe autour de
moi dans une étrange brume rosée...

C'est alors que j'entendis crier le commandant Doyle. Il me sembla être à des kilomètres et, tout en ayant la vague idée que les
mots qu'il lançait devaient signifier quelque
chose, je ne savais plus les interpréter. Ils ré-
sonnaient encore vainement dans mes oreilles
quand je sombrai complètement dans l'incons-
cience : *Oxygène ! D'urgence !*

CHAPITRE VIII

C'était un de ces rêves bizarres dans lesquels
vous réalisez que vous rêvez tout en demeu-
rant complètement impuissant. Tout ce qui
m'était arrivé au cours des dernières semaines me revenait en vrac, mêlé à des rémi-
niscences d'aventures plus anciennes. Quelquefois, ces souvenirs étaient étrangement faussés.
Je me trouvais sur la Terre, mais j'étais impondérable et flottais comme un nuage au-dessus des vallées et des collines. Ou encore la
scène se passait sur la Station Intérieure, mais

il me fallait lutter contre la gravité à chaque mouvement.

Le rêve se termina en cauchemar. Je prenais un raccourci, sur la Station, en me servant d'une méthode illégale mais largement pratiquée, méthode que Norman Powell m'avait apprise. Reliant la partie centrale de la base avec des chambres pressurisées situées à l'écart, il existe tout un système de conduits ventilés assez larges pour admettre le passage d'un homme. L'air se déplace très rapidement à l'intérieur de ces conduites et il y a des endroits où l'on peut entrer et se laisser porter sans contrainte. C'est une sensation très intéressante, mais vous devez savoir exactement ce que vous faites, sans quoi vous pouvez manquer la sortie et il vous faut alors remonter en luttant contre le flot d'air. Dans ce rêve je me laissais conduire par le courant, mais... j'avais perdu ma route ! Là, en face de moi, je distinguais les grandes lames de l'orifice de ventilation qui m'aspirait. *Et la grille de protection était enlevée.* Dans quelques secondes les grandes lames allaient me couper en tranches comme un morceau de jambon...

— Il s'en tirera, entendis-je. Il n'a perdu conscience qu'une minute. Donne-lui une nouvelle insufflation.

Un jet de gaz froid sur ma figure et je tentai de rejeter la tête en arrière. Alors, j'ouvris les yeux et je réalisai où j'étais.

— Qu'est-ce qui s'est passé ? demandai-je, encore passablement hébété.

Tim Benton était assis à mon côté, un cylindre d'oxygène dans la main. Il ne semblait pas être affecté le moins du monde.

— Nous ne savons pas exactement, dit-il.

Mais ça va aller maintenant. Un commutateur de transition a dû se bloquer dans la réserve à oxygène quand l'un des réservoirs s'est vidé. Tu es le seul qui se soit trouvé mal. Nous sommes parvenus à écarter le danger en défonçant le distributeur à coups de marteau ; c'est un peu brutal, mais d'habitude, ça marche. Bien sûr, il faudra démonter complètement ce distributeur quand nous arriverons, et découvrir pourquoi l'alarme n'a pas fonctionné.

Je me sentais encore assez abruti et j'éprouvais un peu de honte de m'être évanoui, bien qu'on ne pût rien contre cette sorte de chose. Et, après tout, j'avais servi de cobaye humain pour alerter les autres. Je pouvais me comparer à un de ces canaris dont les mineurs de l'ancien temps se servaient pour éprouver l'air des galeries de grande profondeur.

— Est-ce que ce genre d'accident arrive souvent ? demandai-je.

— Presque jamais, répondit Norman.

Cette fois, il paraissait sérieux.

— Mais, reprit-il, il y a tant de dispositifs à l'intérieur d'une fusée que tu dois toujours te tenir sur tes gardes. En cent ans, nous n'avons pas réussi à éliminer tous les risques du voyage dans l'Espace. Quand ce n'est pas une chose qui cloche, c'est une autre.

— Ne sois pas si maussade, Norman, déclara Tim. Maintenant que nous avons eu notre part d'ennuis pour ce voyage, le reste va aller tout seul.

Il s'avéra que cette remarque optimiste fut certainement la plus malheureuse que Tim eût jamais faite. Je suis sûr que les autres ne lui laissèrent jamais le loisir de l'oublier.

Nous étions maintenant à plusieurs kilomètres de l'Hôpital, suffisamment loin pour que le jet de nos réacteurs ne puisse plus lui causer aucun dommage. Le pilote avait relevé son cap et attendait le moment prévu pour la mise à feu. Tous les autres étaient étendus sur leur couchette. L'accélération serait trop faible pour provoquer une tension quelconque, mais nous devions nous éloigner du pilote au moment de la déflagration et nous ne pouvions tout simplement aller nulle part ailleurs.

Les moteurs grondaient depuis presque deux minutes et l'Hôpital n'était plus à présent qu'un jouet minuscule et brillant à trente ou quarante kilomètres de là. Si le pilote avait fait son travail convenablement, nous descendions maintenant le long d'une longue courbe qui nous mènerait à la Station Intérieure. Nous ne pouvions faire que de rester assis et attendre pendant trois heures et demie, cependant que la Terre grossirait de plus en plus jusqu'à ce qu'elle remplisse de nouveau presque la moitié du ciel.

A l'aller, nous n'avions pu parler à cause du malade ; mais rien ne pouvait nous en empêcher cette fois-ci. On sentait une curieuse exaltation même une espèce de délire dans toutes les confidences qui se rapportaient à notre petite expédition. Si je m'étais arrêté pour y penser, j'aurais compris qu'il y avait quelque chose de bizarre dans la façon dont nous plaisantions, mais, sur le moment, cela me semblait assez naturel.

Le commandant lui-même s'était départi de sa froideur et il affichait un enjouement que je ne lui avais jamais connu auparavant. Non pas qu'il demeurât effrayant lorsqu'on s'était habitué à son aspect, mais il ne parlait jamais de lui-même et personne sur la Station n'aurait jamais songé à lui demander de raconter le récit de ses exploits lors de la première expédition sur Mercure. D'ailleurs, il ne se serait certainement pas exécuté. C'est pourtant ce qu'il fit alors. Tout d'abord, il se cabra et grommela pendant un instant, mais sans trop de conviction. Puis il se mit en route.

— Où dois-je commencer ? fit-il, pensif. Oh, il n'y a pas grand-chose à dire sur le voyage lui-même, qui ressemblait à n'importe quelle traversée. Personne n'était jamais allé si près du Soleil, mais la couche de miroir qui recouvrait extérieurement notre fusée répondit parfaitement à nos besoins et nous épargna une trop forte chaleur en réfléchissant quatre-vingts pour cent des rayons solaires... Nous avions comme instructions de ne tenter un atterrissage que si nous étions sûrs qu'il serait sans danger. C'est ainsi que nous approchâmes jusqu'à une orbite de seize cents kilomètres et que nous entreprîmes un prudent examen...

Le commandant nous regarda. Notre attention lui fit plaisir. Il reprit son récit et il le mena jusqu'au bout sans être interrompu.

— Vous savez, bien entendu, que Mercure conserve toujours une de ses faces vers le Soleil et qu'elle ne comporte ni jours ni nuits semblables à ceux de la Terre. Un de ses côtés est dans l'obscurité perpétuelle et l'autre dans une lumière éclatante. Cependant, il existe une étroite zone de « crépuscule » entre les deux hémisphères, zone où la température n'est pas trop extrême. Nous décidâmes de descendre quelque part sur cette région, si nous pouvions y découvrir un endroit propice.

« Nous connûmes notre première surprise en regardant le côté « jour » de la planète. On s'était toujours imaginé que cette contrée devait avoir de nombreuses similitudes avec la Lune et qu'elle se composait probablement de cratères dentelés et de chaînes de montagnes. Mais ce n'était pas cela du tout ! Il n'y a aucune montagne sur la partie de Mercure faisant directement face au Soleil, mais seulement quelques basses collines et des grandes plaines craquelées. Quand nous y réfléchîmes, la raison nous en sembla évidente. La température, sous cette perpétuelle clarté solaire, est de plus de deux cent cinquante degrés centigrades. C'est beaucoup trop bas pour fondre le roc, mais suffisant pour le ramollir, et la gravité fait le reste. Depuis des millions d'années, toute montagne qui a pu exister sur la face ensoleillée de Mercure s'est lentement affaissée exactement comme un morceau de glace se liquéfie peu à peu sous l'action de la chaleur. Il existait seulement quelques véritables montagnes sur les bords de la face nocturne, où la température était beaucoup plus faible.

« Notre deuxième sujet d'étonnement fut de découvrir qu'il y avait des lacs dans cet enfer flamboyant. Evidemment, ils ne renfermaient pas de l'eau, mais du métal en fusion. Puisque personne n'a jamais pu les atteindre jusqu'à présent, nous ne savons pas de quel métal il s'agit, probablement du plomb et de l'étain, mêlés à d'autres substances. En somme, des lacs de soudure ! Ils peuvent être assez précieux un de ces jours, si nous pouvons trouver la façon de les capter.

«Vous avez deviné que nous n'étions pas tellement soucieux de nous poser quelque part en plein sur la face diurne. Aussi, après avoir complété nos relevés par une carte photographique, nous jetâmes un coup d'œil sur la face nocturne.

«La seule manière praticable était de l'illuminer avec des fusées. Nous approchâmes aussi près que nous l'osions — à moins de cent cinquante kilomètres — et nous tirâmes des foudres de billions de bougies, tout en prenant des photographies. Naturellement, ces fusées partageaient notre vitesse et voyageaient dans notre sillage jusqu'à extinction.

« Cela causait une étrange sensation que de répandre cette lumière sur un pays qui n'avait jamais vu le Soleil, un pays dont la seule lueur, depuis peut-être des millions d'années, avait été celle des étoiles. S'il avait existé une trace de vie là-bas — ce qui semblait bien improbable — la surprise y aurait été considérable. Ce fut tout au moins ma première pensée en regardant nos flambeaux inonder de leur clarté ces régions secrètes. Mais je me dis plus tard que ce pays de la nuit ne pouvait renfermer que des créatures complètement aveugles, comme les poissons de nos profondeurs océanes. Et puis encore tout cela n'était que fantaisie : rien ne pouvait logiquement vivre au sein de cette obscurité éternelle, à une température de presque cent cinquante degrés en dessous du point de congélation. Bien sûr, nous en savons un peu plus long maintenant...

« Nous attendîmes environ une semaine avant de risquer un atterrissage et, à ce moment-là, nous avions cartographié assez complètement toute la surface de la planète. La face nocturne et une grande partie de la zone crépusculaire sont passablement montagneuses, mais il y avait assez d'endroits plats qui paraissaient prometteurs. Nous choisîmes finalement une grande cuvette de faible rondeur, sur le bord de la face diurne.

« Il y a un soupçon d'atmosphère sur Mercure, mais qui est insuffisant pour pouvoir utiliser des ailes ou des parachutes. C'est pourquoi nous devions nous poser en nous servant du freinage par rockets, exactement comme vous le faites sur la Lune. Pourtant, même quand on y est habitué, ce genre d'atterrissage est toujours énervant, à plus forte raison sur un monde inconnu où vous n'êtes jamais très sûr que ce qui semble être du roc est bien en réalité quelque chose de la sorte.

« C'était vraiment du roc, et non pas de ces traîtres amoncellements de poussière comme sur la Lune. Le train d'atterrissage amortit si bien le choc que nous le ressentîmes à peine dans la cabine. Les moteurs s'arrêtèrent alors automatiquement. Nous étions arrivés ! Nous étions les premiers hommes et probablement les premières créatures à fouler le sol de Mercure.

« J'ai dit que nous étions descendus à la frontière de la zone diurne, ce qui explique pourquoi le Soleil était un immense disque aveuglant à l'horizon. C'était étrange de le voir ainsi presque fixe, sans lever ni coucher, bien qu'il vacillât de long en large en décrivant un arc considérable dans le ciel, à cause de l'orbite très excentrique de Mercure. Malgré tout, il ne plongeait jamais derrière l'horizon et j'avais toujours l'impression que c'était la fin de l'après-midi et que la nuit tomberait bientôt. Il était difficile de réaliser que « nuit » et « jour » ne signifiaient rien ici...

« Explorer un monde nouveau paraît très passionnant, et ça l'est aussi en réalité. Mais c'est surtout un fichu travail, et dangereux, notamment sur une planète telle que Mercure. Notre première tâche consistait à vérifier si notre fusée ne risquait pas de se surchauffer. Dans ce but, nous avions apporté avec nous quelques vélums de protection, nos « ombrelles », comme nous les nommions. Elles avaient un drôle d'aspect, mais elles remplissaient très bien leur rôle. Nous en avions même de portatives, qui ressemblaient à des tentes légères et qui étaient destinées à nous protéger lorsque nous devions rester dehors pendant un certain temps. Elles étaient faites de nylon blanc et reflétaient une bonne partie des rayons solaires, tout en conservant assez de transparence pour nous procurer toute la lumière et la chaleur dont nous avions besoin.

« Nous passâmes plusieurs semaines à reconnaître la face diurne, nous éloignant parfois jusqu'à trente kilomètres à la ronde. Ça paraît un peu court, mais, en réalité, c'est une distance qui compte quand vous portez votre équipement pressurisé et que vous trimbalez toutes vos fournitures. Nous ramassâmes des centaines d'échantillons minéraux et nous relevâmes des milliers de données avec nos instruments, envoyant tous les résultats que nous pouvions par onde courte à la Terre. Il était impossible d'aller suffisamment loin sur cette zone diurne pour atteindre les lacs que nous avions repérés. Le plus proche était à plus de

treize cents kilomètres de là et nous ne pouvions pas nous permettre de gaspiller le carburant de la fusée pour nous balader tout autour de la planète. N'importe comment, ç'aurait été beaucoup trop dangereux de s'exposer
à cette fournaise flamboyante avec nos équipements non éprouvés. »

Le commandant fit une courte pause, fixant
le vide d'un air pensif, comme s'il pouvait voir,
au-delà de notre étroite cabine, les déserts brû-
lants de ce monde lointain.

— Oui, poursuivit-il. Mercure est un véritable défi aux forces physiques de l'homme. Nous
pouvons nous protéger du froid assez facilement, mais la chaleur, c'est un autre problème !
Et pourtant, c'est le froid qui m'a eu, et non
pas la chaleur... La seule chose que nous ne
nous attendions pas à rencontrer sur Mercure,
c'était la vie — quoique la Lune aurait dû nous
servir de leçon. N'empêche que tout le monde
était loin de s'en douter. Si quelqu'un m'avait
demandé : « En supposant que la vie existe
sur Mercure, où penseriez-vous la trouver ? »
j'aurais répondu : « dans la zone crépusculaire,
bien sûr ! ». Et j'aurais été dans l'erreur une
fois de plus...

« Bien que cette idée n'eût emballé personne, nous résolûmes de jeter un dernier coup
d'œil sur la face nocturne. Après avoir dépla-
cé l'appareil d'environ cent cinquante kilomètres pour nous dégager de la zone crépusculaire, nous nous posâmes sur une colline basse
et plate, à courte distance d'une chaîne de montagnes à l'aspect très intéressant. Vingt-quatre heures d'incertitude se passèrent avant que
nous ne décidâmes qu'il y avait moyen de rester en cet endroit sans courir trop de risques...

Le roc sur lequel se tenait la fusée avait une température de moins cent trente degrés, mais nos radiateurs pouvaient compenser ce froid. Même lorsqu'ils n'étaient pas en marche, la température à l'intérieur de la fusée descendait très lentement, grâce à la poche de vide prévue tout autour de nous, grâce aussi au fait que nos parois argentées nous restituaient la plus grande partie de la chaleur que nous perdions par radiation. En fait, nous vivions à l'intérieur d'une grande bouteille thermos, sans oublier la chaleur appréciable que nos corps produisaient eux aussi.

« Mais nous ne pouvions pas apprendre grand-chose en restant assis à l'intérieur de l'appareil ; il nous fallait revêtir nos équipements pressurisés et partir en exploration. Ces équipements avaient été soigneusement éprouvés sur la Lune pendant la nuit lunaire — qui est presque aussi froide que la nuit perpétuelle de Mercure. Mais aucun test n'est exactement comparable à la réalité, et c'est pourquoi trois d'entre nous sortirent. Si un homme se trouvait en péril, les deux autres pourraient le ramener à la fusée. Du moins, nous l'espérions...

« Je faisais partie de cette première équipe. Nous déambulâmes lentement pendant environ trente minutes, sans difficulté, tout en communiquant nos impressions par radio à l'appareil. Il ne faisait pas aussi sombre que nous l'avions pensé, car Vénus brillait au milieu des étoiles avec un incroyable éclat, jetant des ombres aisément perceptibles. C'était si vrai qu'il était impossible de la regarder franchement pendant plus de quelques secondes. Mais, en se servant d'un écran pour tamiser la clarté,

on pouvait facilement distinguer le petit disque de la planète.

« La Terre et la Lune étaient également visibles et formaient une splendide étoile double, juste au-dessus de l'horizon. Ces deux-là
fournissaient aussi une certaine lumière, de
sorte que nous ne fûmes jamais dans l'obscurité totale. Mais, bien entendu, ni Vénus ni la
Terre n'apportaient la moindre chaleur à ce
pays glacial...

« Nous ne pouvions perdre de vue la fusée,
qui était l'objet le plus proéminent à des kilomètres à la ronde. Nous avions d'ailleurs fixé
un puissant phare sur son nez. Nous parvînmes, non sans peine, à briser quelques échantillons de roc que nous emportâmes. Dès que
nous les eûmes introduits à l'intérieur de la
soupape, une chose extraordinaire arriva : ils
se couvrirent instantanément de givre, et des
gouttes liquides commencèrent à se former
sur leur surface. Ces gouttes tombèrent sur le
sol où elles s'évaporèrent de nouveau... C'était
l'air de la fusée qui se condensait sur ces fragments de pierre gelée. Nous dûmes attendre
une demi-heure avant qu'ils se fussent suffisamment réchauffés pour pouvoir être mani-
pulés.

« Une fois que nous fûmes certains que nos
équipements pouvaient supporter les conditions de la zone nocturne, nous fîmes de plus
longues randonnées, mais sans nous éloigner
jamais de la fusée pendant plus de deux ou
trois heures. Nous n'étions pas encore allés
jusqu'aux montagnes ; elles étaient hors de
notre portée. Je passais le plus clair de mon
temps à les observer au moyen du télescope

électronique de l'appareil, car la clarté était suffisante.

« Et, un jour, je vis quelque chose qui bougeait. Je fus si étonné que, sur le moment, je fus comme aimanté par le télescope, roulant des yeux à me les faire sortir de la tête ! Puis je retrouvai assez de présence d'esprit pour déclencher la caméra.

« Vous avez dû voir le film. Evidemment, il n'est pas très bon, à cause de la faible lumière ; mais on distingue assez nettement le rempart montagneux avec une sorte d'éboulement à l'avant-plan. On y voit aussi une grande forme blanche se traînant parmi les rocs. Quand je la vis, au début, on aurait juré un fantôme ; et je ne crains pas de dire qu'elle m'épouvanta. Mais l'enthousiasme de la découverte chassa tous les autres sentiments et je me concentrai à observer le plus de détails possibles.

« Je n'en obtins pas beaucoup, mais j'eus l'impression générale d'un corps grossièrement sphérique avec au moins quatre jambes ! Puis il disparut et, malgré une attente d'une demi-heure, je ne le revis jamais.

« Comme conséquence, nous laissâmes tomber toutes les autres occupations et tînmes un conseil de guerre. Heureusement pour moi, j'avais pris le film ! Sans quoi mes compagnons m'auraient accusé d'avoir rêvé. Nous nous mîmes d'accord pour tenter une expédition vers l'endroit où la créature s'était montrée. La seule question, c'était de savoir s'il y avait ou non du danger.

« Nous n'avions pas d'armes, mais la fusée renfermait un pistolet lance-fusée destiné à la signalisation. A défaut d'autre choc, ce lance-fusée réussirait sans doute à effrayer tout animal qui chercherait à nous attaquer. J'empochai le pistolet. Mes deux compagnons — Borrell, le navigateur, et Glynne, l'opérateur-radio — s'armèrent d'une paire de solides barres de fer. Nous emportâmes également des caméras et un dispositif d'éclairage, dans l'espoir d'obtenir quelques bonnes images. A trois, nous pouvions tenter cette expédition. Seul, ou à deux, c'était risqué. D'autre part, si la chose était vraiment dangereuse, envoyer tout l'équipage n'aurait fait qu'aggraver le péril.

« Il y avait huit kilomètres jusqu'aux montagnes et il nous fallut environ une heure pour y parvenir. La fusée vérifiait notre direction et un observateur se tenait au télescope, balayant les environs pour nous donner au moins un avertissement si la créature réapparaissait. Je ne crois pas que nous pressentions le danger ; nous étions tous les trois trop emballés pour ça. D'ailleurs, il était difficile d'imaginer quel mal le monstre aurait pu nous faire à l'intérieur du blindage de nos équipements. La faible gravité et la force supplémentaire qu'elle nous donnait ajoutaient à notre confiance.

« Nous atteignîmes enfin l'éboulement de rocs et nous fîmes une découverte bizarre. Des pierres avaient dû être ramassées et brisées, car il y avait des piles de fragments épars. On ne pouvait y trouver de signification qu'en supposant que la créature recherchée trouvait bel et bien sa nourriture parmi les rocs !...

« Je ramassai quelques spécimens pour les analyses ultérieures, tandis que Glynne photographiait notre découverte et la communiquait à la fusée. Puis nous entreprîmes de prospec-

ter les environs, tout en nous tenant à peu de
distance l'un de l'autre. L'éboulement rocheux
avait environ quinze cents mètres d'un bout à
l'autre et il semblait que toute la façade de la
montagne s'était effritée et avait glissé. Nous
nous demandâmes ce qui avait bien pu causer
cette chute en l'absence de toute intempérie.
Puisque l'érosion n'existait pas, nous ne pouvions pas évaluer à quelle époque cette modifi-
cation du relief avait pu se produire. On aurait pu parler d'un million d'années comme
un million de siècles !

« Essayez de nous imaginer en train d'esca-
lader le fouillis de pierres, avec la Terre et Vénus suspendues au-dessus de nos têtes comme
des fanaux luisants, et, à l'horizon, les lumières rassurantes de notre fusée. J'avais pratiquement décidé à ce moment-là, que notre gi-
bier devait être une espèce de mangeur de
rocs, puisqu'un autre genre de nourriture semblait inexistant sur cette planète désolée. Je
regrettais de ne pas en savoir assez sur les
minéraux pour déterminer ce que pouvait être
cette substance.

« Alors, le cri exalté de Glynne éclata dans
mes écouteurs :

— Le voilà ! hurla-t-il. Là, sur cette falai-
se !

Nous nous retournâmes et j'eus ma première bonne vision d'un Mercurien. C'était plus
une sorte d'araignée géante qu'autre chose, ou
peut-être un de ces crabes aux longues pattes
en fuseaux. Son corps était une sphère d'à peu
près un mètre de diamètre, d'un blanc argenté. Au début, nous crûmes qu'il avait quatre
jambes, mais nous découvrîmes plus tard qu'il
en avait huit, en réalité ! Ses quatre autres

jambes étaient rentrées tout près du corps.
Elles se mettaient en action quand l'incroyable froid du roc gagnait les couches supérieures des épaisses lamelles de corne isolante qui
constituaient ses pieds ou sabots. Quand le
Mercurien avait froid aux pieds, il les échangeait contre un autre assortiment !

« Il possédait aussi deux membres de manipulation qui, pour l'instant, étaient active-
ment employés à chercher parmi les rocs. Ils
se terminaient par des espèces de griffes, des
pinces calleuses qui paraissaient devoir être
dangereuses dans le combat. On ne pouvait
pas lui trouver de tête, à proprement parler,
mais seulement un petit renflement sur le haut
de la masse sphérique. Par la suite, nous apprîmes que cette boule était le siège de deux
gros yeux qui lui servaient dans la faible
clarté stellaire de la zone nocturne, et de deux
autres, plus petits, destinés aux incursions
dans la partie la plus éclairée de la zone crépusculaire.

Dans ce dernier cas, les gros organes de vision étaient maintenus hermétiquement fer-
més.

« Nous regardions, fascinés, tandis que la
monstrueuse créature galopait parmi les pierres, s'arrêtant de temps en temps pour ramas-
ser un échantillon et le réduire en poudre
d'un coup de ses griffes décidément puissan-
tes. Alors, quelque chose qui pouvait ressembler à une langue jaillissait dans un éclat que
l'œil était impuissant à suivre, et la poudre
était engloutie.

— Que croyez-vous qu'il cherche ? fit Borrell. Le roc semble assez mou. Je me demande si ce ne serait pas une espèce de craie ?

— Ça m'étonnerait, répliquai-je. La couleur n'y est pas et d'ailleurs la craie ne se forme qu'au fond des mers. Il n'y a jamais eu de nappes d'eau sur Mercure.

— Ne pourrait-on essayer d'avancer ? demanda Glynne. D'ici, je n'arriverai jamais à prendre une bonne photo. C'est une très vilaine bête, mais je ne crois pas qu'elle puisse nous faire du mal. Elle va probablement s'enfuir à toute vitesse dès qu'elle nous verra.

J'étreignis plus fermement mon pistolet lance-fusée, et je répondis :

— O.K., allons-y ! Mais avançons lentement et arrêtons-nous dès que nous aurons été repérés.

« Nous étions parvenus à trente mètres de la créature sans qu'elle eût montré le moindre signe d'intérêt pour nous. C'est alors qu'elle pivota sur ses jambes en forme de tige. Je pus distinguer ses gros yeux qui nous regardaient sous la faible lueur de Vénus. Glynne demanda :

— Est-ce que je peux utiliser le flash ? La photo sera loupée sans cela ; cet éclairage est trop faible.

« J'hésitai, puis je lui dis d'y aller. L'animal eut un sursaut au moment où la brève explosion de lumière éclaboussait le paysage ; j'entendis le soupir de soulagement de mon photographe :

— Il y en aura toujours une dans la musette, dit-il. Je pourrais peut-être faire un gros plan ?

— Non ! ordonnai-je. Ça l'épouvanterait certainement ou ça l'ennuierait, ce qui serait probablement pire. Je n'aime pas beaucoup l'allure de ces griffes. Essayons de démontrer que nous sommes des amis. Restez ici pendant que j'avance, de cette façon il ne croira pas que nous lui voulons du mal.

« Ma foi, je pense que l'idée était bonne, mais je ne savais pas grand-chose des habitudes des Mercuriens, à l'époque. Tandis que je m'approchais lentement, la créature sembla se raidir comme un chien sur un os, et pour les mêmes raisons, pensai-je. Elle s'étira de toute sa longueur, qui était de près de deux mètres cinquante, et commença à se balancer légèrement d'avant en arrière, d'une façon assez semblable à celle d'un ballon captif dans le vent.

— Il vaudrait mieux retourner, conseilla Borell, ça n'a pas l'air de l'amuser, et il est préférable de ne pas prendre de risques.

— Je n'en ai pas l'intention ! répliquai-je. Ce n'est pas facile de marcher en arrière dans cet équipement, mais je vais essayer.

« Je reculai le plus doucement possible. Alors, sans changer de position, l'animal balança vivement un de ses bras et se saisit d'une pierre. Le geste était si humain que je compris ce qui se préparait. Je couvris instinctivement ma visière avec mon bras. Un instant plus tard, le projectile frappa la partie inférieure de mon équipement avec un fracas terrible. Il ne me fit aucun mal, mais la carapace tout entière vibra pendant un moment comme un gong. Durant quelques secondes d'inquiétude, je retins ma respiration m'attendant au fatal sifflement d'air. Mais l'équipement tint bon, quoique je remarquai une profonde trace de choc sur la cuisse gauche. Je ne serais peut-être plus aussi chanceux la prochaine fois, aussi décidai-je de me servir de mon « arme »... comme diversion.

« L'éclatante fusée blanche monta lentement vers les étoiles, inondant le paysage d'une aigre lumière et faisant honte à la lointaine Vénus. Il se produisit alors un phénomène que nous ne devions comprendre que beaucoup plus tard. J'avais remarqué une paire de gibbosités de chaque côté du corps du Mercurien, et elles s'ouvraient à présent devant nos yeux comme les élytres d'un hanneton. Deux ailes, larges et noires, se déployèrent. Des ailes ! Dans ce monde presque totalement privé d'air ! Je fus si étonné que, pour un instant, j'en oubliai de poursuivre ma retraite. La fusée se consumait lentement et s'éteignit dans une coulée lumineuse, tandis que, dans le même temps, les ailes de velours se repliaient et regagnaient leurs enveloppes.

« La créature ne chercha à nous suivre et nous n'en rencontrâmes plus d'autres au cours de l'expédition. Comme vous le pensez, nous étions extrêmement intrigués et les collègues de la fusée purent à peine en croire leurs oreilles quand nous leur racontâmes ce qui s'était passé. Naturellement, à présent que nous connaissons la réponse, ça paraît assez simple. C'est toujours pareil. Mais, à ce moment-là !...

« Ce n'étaient pas vraiment des ailes que nous avions observées, bien qu'elles eussent porté ce nom il y a des siècles, quand Mercure avait une atmosphère. La créature que j'avais découverte symbolisait l'un des plus merveilleux exemples d'adaptation connus dans le système solaire. Sa véritable patrie était la zone crépusculaire, mais comme les minéraux dont elle se nourrit avaient été épuisés dans ces régions, elle était allée chercher pitance loin dans le pays nocturne. Tout son corps avait évolué pour résister à ce terrible froid, et c'était la raison pour laquelle il était d'un blanc argenté, couleur qui radie la plus faible proportion de chaleur. Même à cet état, elle ne pouvait rester indéfiniment dans ce pays, mais devait retourner par intervalles dans la zone crépusculaire, tout comme un cachalot doit remonter pour respirer l'air sur notre monde à nous. A la vue du Soleil, elle étend ses grandes ailes, qui sont en réalité des absorbateurs de chaleur. Je suppose que ma fusée avait déclenché cette réaction, ou peut-être même que la faible quantité de chaleur qu'elle dégageait était bonne à prendre.

« La recherche de la nourriture est sûrement une lutte sans merci, pour que la Nature ait produit une solution aussi énergique ! Les Mercuriens ne sont pas réellement des bêtes méchantes, mais elles doivent batailler dur pour survivre. Puisque le revêtement de leur corps est presque invulnérable, elles s'attaquent aux jambes. Un animal infirme est condamné, parce qu'il ne peut pas retrouver la zone crépusculaire avant que ses réserves de chaleur ne soient épuisées. C'est pourquoi ils ont appris à se jeter des pierres dans les jambes avec une grande précision. Mon équipement pressurisé avait dû embarrasser celui que j'avais rencontré, mais il avait fait de son mieux pour m'estropier. Ainsi que je le découvris plus tard, il n'y avait que trop bien réussi !...

« Nous ne savons pas grand-chose sur ces créatures, en dépit des tentatives qui ont été faites pour les étudier. J'ai élaboré, quant à moi, une théorie que je voudrais bien voir exa-

miner... Il me paraît que, de la même façon
dont certains Mercuriens ont évolué pour
subsister dans le froid du pays nocturne, il
peut en exister une autre variété ayant émi-
gré au brûlant pays diurne. Et je me demande à quoi ils peuvent ressembler, ceux-là ! »

Le commandant interrompit son récit et
j'eus l'impression qu'il ne désirait vraiment
pas le poursuivre. Mais notre silence expecta-
tif força son hésitation et il continua :

— Nous revenions lentement vers la fusée
en discutant encore à propos de l'étrange créature dont nous venions de faire la connaissance, quand je réalisai soudain que quelque
chose n'allait pas. J'attrapais froid aux pieds,
très froid. La chaleur s'enfuyait de mon équipement, sucée par le roc gelé sur lequel je
marchais...

« Je compris aussitôt ce qui s'était passé.
Le coup que j'avais reçu avait rompu les circuits de chauffage de la jambe de mon appareil, et on ne pouvait rien y faire avant le
retour sur la fusée. Or j'avais encore plus de
six kilomètres devant moi...

« J'en fis part à mes compagnons, et nous
nous dépêchâmes le plus possible. Chaque fois
que mes pieds touchaient le sol, je sentais
l'épouvantable froid pénétrer plus profondément. Au bout d'un moment, toute sensation
avait disparu ; c'était déjà une faveur dont je
pouvais m'estimer heureux. Mes jambes
n'étaient plus que des bâtons insensibles et
j'étais encore à trois kilomètres de la fusée
lorsqu'il me devint impossible de les remuer.
Les articulations de mon appareil se gelaient
toutes raides...

« Les camarades durent me porter et je perdis conscience pendant un certain temps. Je repris mes sens alors qu'il nous restait encore une partie du trajet à faire. Je crus que je délirais. En effet, le paysage tout autour de moi flamboyait de lumières. Des banderoles aux brillantes couleurs ondulaient à travers le ciel et, au-dessus de nos têtes, des ondes de feu cramoisies avançaient sous les étoiles. Dans mon état d'hébétude, je ne compris ce qui se passait qu'au bout d'un moment. L'aurore, qui est beaucoup plus brillante sur Mercure que sur la Terre, s'était brusquement décidée à déployer l'une de ses exhibitions. C'était une ironie que je n'avais pas le loisir d'apprécier à ce moment-là, tout ce décor paraissant brûler alors que j'étais en train de me transformer rapidement en glaçon.

« Ma foi, nous nous en sommes quand même tirés, mais je ne me souviens pas avoir regagné la fusée. Lorsque je revins à moi, nous étions en route pour la Terre. Malheureusement, mes jambes étaient toujours sur Mercure... »

Chacun resta silencieux pendant longtemps. C'est alors que le pilote jeta un coup d'œil sur son chronomètre et s'exclama :

— Fichtre, j'aurais dû faire ma vérification de cap depuis dix minutes !

Le charme fut rompu et nos imaginations revinrent à toute vitesse de Mercure.

Durant les quelques instants qui suivirent, le pilote s'affaira auprès du dispositif de repérage de position. Les premiers navigateurs de l'Espace n'avaient que les étoiles pour les guider, mais, à présent, on disposait de toutes sortes d'aides par le radar et la radio, et on ne se souciait des méthodes astronomiques —

plutôt fastidieuses — que quand on était très éloigné et hors de portée des bases terrestres.

Je regardais les doigts du pilote jouer rapidement sur le clavier de calculation, tout en enviant sa merveilleuse habileté. Mais, soudain, il s'immobilisa tout raide au-dessus de sa table. Puis, avec précaution, il contacta les touches et reprit ses évaluations. Une réponse monta sur le registre, et je compris qu'une terrible erreur avait été commise. Pendant un instant, il observa fixement ses chiffres comme s'il était incapable de les croire. Il se libéra ensuite des lanières qui le maintenaient sur son siège et il se dirigea rapidement vers le plus proche hublot d'observation.

Je fus le seul à remarquer son comportement bizarre, car les autres s'étaient étendus tranquillement sur leur couchette pour y lire ou essayer d'y prendre un peu de repos. Il y avait un hublot à quelques pas de moi ; je m'en approchai. Là, dans l'Espace, se trouvait la planète vers laquelle nous tombions lentement : la Terre, qui était presque pleine.

Alors, il me sembla qu'une main glacée me prenait à la gorge et mon cœur cessait de battre. Je savais qu'à ce stade la Terre devait être sensiblement plus vaste qu'au moment où nous avions quitté l'orbite de l'Hôpital dans sa direction. Pourtant, à moins que mes yeux ne me trompassent, elle était *plus petite* que lorsque je l'avais vue pour la dernière fois. Je regardai de nouveau le pilote, et son expression confirma mes craintes

Nous mettions le cap tout droit vers les profondeurs de l'Espace !

CHAPITRE IX

— Commandant Doyle ? fit le pilote d'une voix anxieuse. Pouvez-vous venir une minute ?

Le commandant s'agita sur sa couchette.

— Diable ! grogna-t-il. Je m'étais presque endormi !...

— Je vous demande pardon, mais... il y a eu un accident. Nous sommes dans une orbite d'échappée.

— Quoi ?...

Le cri du commandant réveilla tout le monde.

D'une puissante poussée, le commandant quitta sa retraite et se précipita vers le tableau de contrôle. Il eut avec le pilote un rapide colloque à l'issue duquel l'officier s'écria :

— Cherchez-moi la Station Relais la plus proche ! Je prends le commandement !

Je chuchotai dans l'oreille de Tim Benton :

— Que s'est-il passé ?

— Je crois le savoir, répondit-il, mais attends une minute avant de sauter aux conclusions.

Il se passa presque un quart d'heure avant qu'on pensât à m'expliquer la chose, un quart d'heure d'activité furieuse, d'appels radio et de calculs éclairs. Enfin, Norman Powell qui n'avait comme moi rien à faire qu'à regarder eut pitié de mon ignorance.

— Cet appareil a la malédiction sur lui,

fit-il d'un ton dégoûté. Le pilote a fait la seule erreur de navigation qui semble possible...
Il aurait dû réduire notre vitesse de quinze
kilomètres seconde, mais au lieu de ça, il a
mis de la puissance dans la direction exactement opposée, de sorte que nous avons accé-
léré d'autant. C'est pourquoi, au lieu de dégringoler vers la Terre, nous fonçons dans l'infini.

Même à mes yeux, il me semblait difficile
d'admettre qu'on puisse faire une faute aussi
extraordinaire. Par la suite, je me rendis compte qu'il s'agissait d'une de ces bévues — comme celle qui consiste à poser un avion avec
son train d'atterrissage relevé — dont la réalisation est sans doute plus fréquente qu'on
ne l'imagine.

A bord d'une fusée en orbite libre, il n'y a
aucun moyen de savoir dans quelle direction
vous allez ni à quelle vitesse. Tout doit être
évalué au moyen d'instruments et de calculs
et si, à un certain stage, un signe *moins* est
pris pour un signe *plus*, il est facile de diriger
l'appareil dans la direction opposée avant de
mettre la « gomme ».

Evidemment, un pilote est censé se livrer
à d'autres vérifications pour éviter de telles
erreurs. Mais la routine finit par endormir la
prudence : bien des pilotes négligent les con-
signes de contrôle...

Ce ne fut que bien plus tard que nous découvrîmes la véritable raison de cet accident.
C'était la valve de la réserve à oxygène qui
était en cause, et non l'infortuné navigateur.
Cette valve s'était bloquée, on s'en souvient.
J'avais été le seul à défaillir, mais tous les
autres n'en avaient pas moins souffert du man-

que d'oxygène. Il s'agit là d'un malaise extrêmement dangereux, parce que vous ne réalisez pas le moins du monde que vous êtes affecté. En fait, cela ressemble assez à l'ivres-
se : vous pouvez exécuter toutes sortes de
sottises tout en ayant l'impression de vous
acquitter au mieux de votre travail.

De toute manière, il n'importait pas tellement de rechercher pourquoi l'accident s'était
produit, mais plutôt de savoir ce que nous allions faire.

La vitesse supplémentaire dont nous avions
été dotés était juste suffisante pour nous propulser dans une orbite d'échappée. En d'autres
termes, nous naviguions si rapidement que la
Terre ne pourrait plus nous attirer. Nous fai-
sions route vers l'infini, quelque part au-delà
de l'orbite de la Lune. Notre direction exacte
ne serait connue que lorsque le C.O.P.A.H.
l'aurait élaborée pour nous. Le commandant
Doyle avait fait connaître par radio notre position et notre vitesse, et il fallait attendre de
nouvelles instructions.

La situation était sérieuse, mais non déses-
pérée ; la réserve de carburant, celle destinée
aux manœuvres d'approche de la Station Intérieure, était encore considérable. Si nous
l'employions à présent, nous pourrions au
moins empêcher notre fuite loin de la Terre,
mais nous voyagerions alors dans une nouvelle orbite qui peut-être ne nous mènerait à aucun endroit proche de toute Station de l'Espace. Quoi qu'il arrivât, il fallait se ravitailler
en carburant quelque part et aussi vite que
possible. La fusée à faible rayon d'action dans
laquelle nous voyagions n'était pas destinée à
de longues randonnées et sa réserve d'oxygè-

ne était limitée. Certes, il en restait assez pour une centaine d'heures, mais si aucune aide ne nous parvenait avant ce délai, la situation deviendrait vraiment fâcheuse !

C'est bizarre. Bien que nous nous trouvions réellement danger pour la première fois, ma frayeur n'était pas la moitié de celles que j'avais connues aux prises avec Cuthbert ou au cours de l'éventration de la salle de classe par le « météore ». Je ne sais pourquoi, cela semblait différent. Nous avions quand même une marge de respiration de plusieurs jours avant de connaître des moments critiques, et la confiance générale dans le commandant Doyle était si grande que nous étions sûrs qu'il pourrait nous tirer de ce mauvais pas.

Personne n'y songeait à ce moment-là, mais il y avait sans aucun doute de l'ironie dans le fait que cet accident ne serait pas arrivé si nous avions résolu de rentrer sur le « Morning Star » au lieu d'utiliser, par excès de précaution, une autre fusée...

Il fallut attendre presque quinze minutes avant que l'équipe d'évaluation de la Station Intérieure ait délimité notre nouvelle orbite et nous ait communiqué par radio les coordonnées. Le commandant Doyle situa notre cap, tandis que nous regardions tous au-dessus de son épaule pour connaître la direction que devait suivre l'appareil...

— Nous faisons route vers la Lune, dit-il en suivant du doigt un tracé. Nous passerons dans son orbite dans quarante heures environ, assez près pour que son champ de gravitation nous influence. En exerçant un certain freinage au moyen des rockets, nous pouvons la laisser nous capturer. Ne serait-ce pas une bonne idée ? Notre vagabondage dans l'Espace serait tout au moins stoppé.

Le commandant se caressa le menton d'un air pensif, puis ajouta :

— Encore faudrait-il savoir si d'autres fusées peuvent monter de la Lune jusqu'à nous.

Norman demanda :

— Ne pourrait-on se poser sur la Lune ? A proximité d'une des installations ?

— Non, nous n'avons pas assez de carburant pour la descente. D'ailleurs, les moteurs ne sont pas assez puissants, tu devrais savoir cela, toi !...

Norman se le tint pour dit.

Un long et profond silence pesa sur nous, un silence qui commença bientôt à me porter sur les nerfs. J'aurais voulu pouvoir aider le commandant en exprimant quelque lumineuse idée, mais mes suggestions n'avaient pas beaucoup de chances d'être meilleures que celles de mon camarade Norman.

— L'ennui, reprit enfin le commandant, c'est qu'il y ait tant de facteurs impliqués... il existe plusieurs solutions possibles à notre problème, mais nous voulons trouver la plus économique. Ça coûtera une fortune. si nous devons faire appel à une fusée de la Lune pour nous transférer quelques tonnes de carburant. Elle devra s'accorder à notre vitesse, vous vous rendez compte !...

C'était la brutale évidence, mais ce fut tout de même un soulagement d'apprendre qu'il y avait au moins une solution. C'était vraiment tout ce que je voulais savoir. Quelqu'un d'autre se chargerait de payer l'addition !

Soudain, le visage du pilote s'éclaira. Jusqu'ici, il était resté abîmé dans de sombres pensées et il n'avait pas contribué d'un mot à la conversation.

— J'y suis ! dit-il. Nous aurions dû penser à ça avant ! Qu'est-ce qui nous empêche d'utiliser le lanceur d'Hipparchus ? Il doit être capable de nous envoyer du carburant sans le moindre inconvénient, si on en croit ce tableau ?

L'entretien devint alors plus animé, en même temps que très technique et je perdis pied rapidement. Dix minutes plus tard, la mauvaise humeur commença à s'évanouir dans la cabine et j'en déduisis que quelque conclusion satisfaisante avait été atteinte. Lorsque la discussion se fut apaisée et que tous les appels radio eurent été lancés, j'attrapai Tim dans un coin et je menaçai de l'importuner jusqu'à la fin des siècles s'il ne m'expliquait pas exactement ce qui se passait.

— Roy, dit-il, tu sais certainement ce qu'est le lanceur d'Hipparchus ?

— N'est-ce pas cet engin magnétique qui propulse des réservoirs de carburant vers les fusées se trouvant dans l'orbite de la Lune ?

— Tout juste ! C'est une rampe électromagnétique d'à peu près huit kilomètres de longueur, construite d'Est en Ouest à travers le cratère Hipparchus. On a choisi cet endroit parce qu'il est près du centre du disque de la Lune et que les raffineries de carburant ne sont pas loin. Les fusées qui désirent faire le plein gagnent une orbite autour de la planète et, à un moment précis, on propulse les « containers » dans cette même orbite. La fusée doit exécuter certaines manœuvres par rockets avant de contacter le réservoir, mais ça coûte malgré tout beaucoup moins cher que de faire le travail par jonction directe.

— Et que deviennent les containers vides ?

— Ça dépend de la vitesse de lancement. Quelquefois, ils retournent s'écraser sur la Lune ; après tout, il y a assez de place pour eux sans qu'ils causent le moindre dommage ! Mais, le plus souvent, ils héritent d'une vitesse qui leur permet d'échapper à la planète et de se perdre dans l'Espace... Dans ce cas, ils disposent d'encore plus de place...

— Je comprends, nous allons arriver suffisamment près de la Lune pour qu'un de ces réservoirs puisse nous être expédié.

— Oui, ils sont en train de faire les calculs. Notre orbite passera derrière la planète, à environ huit mille kilomètres de sa surface. On fera concorder aussi exactement que possible la vitesse de lancement avec la nôtre et nous devrons faire le reste par nos propres moyens. Ce qui veut dire, naturellement, que nous allons dépenser une certaine quantité de carburant, mais la contrepartie en vaudra la peine !

— Et à quel moment l'opération aura-t-elle lieu ?

— Dans quarante heures à peu près. Nous attendons maintenant les chiffres exacts.

J'étais probablement le seul à me réjouir vraiment de la perspective, à présent que je savais que nous avions une sécurité raisonnable. Pour les autres, cet incident n'était qu'une perte de temps fastidieuse ; mais moi je me félicitais de cette occasion de voir la Lune de tout près. Je n'aurais certes pas osé en espérer tant lorsque j'avais commencé mon voyage. La Station Intérieure semblait déjà loin derrière moi...

Heure par heure, la Terre se rétrécissait, tandis que la Lune devenait plus énorme devant nous. Il n'y avait pas grand-chose à faire en dehors des contrôles habituels des instruments et des appels radio réguliers avec les différentes stations de l'Espace et la Base Lunaire. La plus grande partie du temps se passait à dormir et à jouer aux cartes, mais j'eus cependant la chance de pouvoir entrer en communication avec la Terre et je pus parler à mes parents. Ils paraissaient assez ennuyés et je réalisais pour la première fois que nous devions probablement défrayer la chronique des journaux. Pourtant, je crois leur avoir fait clairement comprendre que je m'amusais bien et qu'il n'y avait aucun motif sérieux de s'alarmer.

Tous les arrangements nécessaires avaient été conclus et nous n'avions plus qu'à attendre notre passage devant la Lune pour exécuter notre rendez-vous avec le « container ». J'avais souvent observé l'astre des nuits à travers des télescopes, mais c'était une chose toute différente que de fouiller ses grandes plaines et ses montagnes à l'œil nu. Nous en étions maintenant si rapprochés que les plus gros cratères étaient aisément visibles le long de la bande séparant la nuit du jour. La ligne du Soleil levant avait juste dépassé le centre du disque et l'aube pointait sur Hipparchus, d'où l'on se préparait à nous porter secours. Je demandai la permission de me servir du télescope de la fusée et je me mis à scruter le grand cratère.

Il me sembla que je me promenais dans l'Espace à quatre-vingts kilomètres seulement au-dessus de la planète, car Hipparchus remplissait complètement le champ de vision et il était impossible de l'embrasser d'un seul coup d'œil. Le Soleil jouait sur les parois démantelées du grand volcan, jetant de longues flaques d'ombre d'un noir d'encre sur des kilomètres. Çà et là, des pics captaient la première lueur de l'aube et brillaient comme des phares dans les ténèbres qui les entouraient.

Il y avait aussi d'autres lumières dans les ombres du cratère, des lumières formant de minuscules dessins géométriques. J'avais sous les yeux une des installations lunaires. Cachés par l'obscurité se trouvaient les grandes usines chimiques, les coupoles pressurisées, les sabords de charge et les stations électriques qui desservaient la rampe de lancement. Dans quelques heures, quand le Soleil se lèverait au-dessus des montagnes, tout cela deviendrait nettement visible, mais nous serions alors passés derrière la Lune et sa face terrestre nous serait cachée.

C'est alors que j'aperçus une mince barre de lumière qui s'étendait sur une ligne toute droite à travers la plaine obscure. Je venais de découvrir les projecteurs de la rampe de lancement, rangés comme des réverbères le long d'une artère. Sous leur illumination, des techniciens vêtus d'équipements pressurisés devaient vérifier les gigantesques électro-aimants et s'assurer que le berceau courait librement dans ses rails guideurs. Le réservoir devait attendre à la tête de la rampe, déjà rempli et prêt à être placé sur le berceau au moment propice.

S'il avait fait jour sur cette région, peut-être aurais-je assisté au lancement proprement dit. J'aurais vu alors une tache minuscule courant

le long de la piste d'acier et se déplaçant de
plus en vite à mesure que les générateurs déversaient leur courant dans les aimants. Le
projectile quitterait l'extrémité de la rampe
à une vitesse de plus de huit mille kilomètres
à l'heure, trop rapidement pour que la Lune
puisse jamais l'attirer de nouveau vers elle.
Comme il voyageait presque horizontalement,
la surface de la planète se cintrerait derrière
lui et le « container » se perdrait dans l'Espace pour nous rencontrer — si tout allait bien
— trois heures plus tard.

Je crois que le moment le plus impressionnant de toutes mes aventures eut lieu quand
notre appareil passa derrière la Lune et que
je vis de mes propres yeux le pays qui était
demeuré inconnu des humains avant l'achève-
ment des astronefs. Il est vrai que j'avais vu
de nombreuses photos et de nombreux films
montrant cette autre face de la planète, et il
est vrai aussi que cette face ressemblait beaucoup à celle qui m'était familière. Il n'empêche que la sensation était là, malgré tout. Je
pensai à tous les astronomes qui avaient passé
leur vie à cartographier la Lune et n'avaient
jamais contemplé le pays au-dessus duquel je
passais maintenant. Que n'auraient-ils pas donné pour avoir l'occasion qui m'était échue,
tout à fait par chance, sans effort réel de ma
part !

J'avais presque oublié la Terre quand Tim
Benton attira mon attention sur elle. Notre
planète s'enfonçait rapidement derrière l'horizon lunaire et l'astre des nuits se levait pour
l'éclipser, tandis que nous décrivions notre
immense arc de cercle.

Un croissant brillant, d'un bleu verdâtre —

la calotte du Pôle Sud — presque aveuglant
à regarder à cause de la réflexion du Soleil
qui formait une mare de feu dans l'Océan Pacifique, c'était cela ma patrie ! Elle se trouvait à présent éloignée de quatre cent mille
kilomètres. Je la regardai descendre derrière
les pics jusqu'à ce que son bord indistinct
et brumeux restât seul visible ; lui aussi disparut bientôt. Le Soleil était toujours avec
nous. mais la Terre s'était enfuie. Jusqu'à cet
instant, elle nous avait toujours accompagnés
dans le ciel et faisait partie de l'arrière-plan
de notre décor. Il ne subsistait maintenant
que le Soleil, la Lune et les étoiles.

Le « container » montait déjà au-devant de
nous. Il avait été lancé depuis une heure et on
nous avait signalé par radio qu'il se déplaçait
dans l'orbite correcte. Le champ de gravitation de la planète allait cintrer la course du
projectile et nous passerions à quelques centaines de kilomètres de lui. Notre tâche consistait alors à synchroniser notre vitesse sur la
sienne en usant avec précaution de ce qui
nous restait de carburant. Une fois obte-
nu l'accouplement de notre fusée avec le réservoir, il n'y avait plus qu'à pomper le contenu de ce dernier. Nous pourrions alors regagner notre base, cependant que le « container » vide continuerait à naviguer dans l'Espace, selon le destin des autres débris qui cir-
culaient dans le système solaire.

— Mais, dis-je avec inquiétude à Norman
Powell, supposons un instant qu'ils marquent
un coup direct sur nous ! Après tout, ça ressemble assez au tir d'un canon sur une cible.
Or nous sommes la cible !

Norman se mit à rire.

— Il se déplacera très lentement quand il s'approchera de nous et nous l'aurons capté avec notre radar depuis longtemps. Il n'y a donc pas de danger de collision. Au moment où il sera vraiment tout près, nos vitesses seront égales et si nous le heurtons, le choc sera à peu près aussi violent que la rencontre de deux flocons de neige.

C'était rassurant, mais je n'aimais tout de même pas trop cette idée d'un projectile de la Lune fonçant sur nous à travers l'Espace !...

Nous perçûmes l'approche du « container » alors qu'il était encore à plus de quinze cents kilomètres, non pas avec notre radar mais au moyen de la minuscule balise-radio dont sont pourvus tous ces engins pour faciliter leur détection. A partir de cet instant, je dus me tenir tranquille dans mon coin. Le commandant Doyle et le pilote préparaient notre rendez-vous. C'était une opération délicate, ce domptage de notre vaisseau jusqu'à ce que sa marche fût parfaitement synchronisée avec celle du réservoir encore invisible. Nos provisions de carburant étaient trop minces pour autoriser des erreurs nombreuses, et il fallait manœuvrer avec précision. Chacun poussa un profond soupir de soulagement quand le cylindre luisant fut accroché à notre flanc.

Le transfert dura à peu près dix minutes. Quand nos pompes eurent terminé leur travail, la Terre avait émergé de derrière le bouclier de la Lune. Heureux présage : notre planète natale était de nouveau visible, et nous étions, une fois de plus, les maîtres de la situation.

J'étais en train d'observer l'écran radar — que personne d'autre n'utilisait — quand les

moteurs furent remis en route. Le « container »
vide, qui avait été désaccouplé, sembla tomber
lentement en arrière. Evidemment, c'était nous
qui, en réalité, tombions en coupant notre vitesse pour retourner vers la Terre. Abandonné
après sa tâche terminée, le gros réservoir continuerait à foncer à travers l'infini.

La portée maximum de notre radar étant
d'environ huit cents kilomètres, je pus observer, pareil à une tache brillante, le « container » qui dérivait lentement vers le bord de
l'écran. Le volume d'espace que balayaient nos
rayons contenait probablement un certain
nombre de météores, mais ils étaient trop éloignés pour refléter un signal perceptible. Pourtant, il y avait quelque chose de fascinant à
regarder cet écran vide, où surgissait parfois
une étincelle de lumière causée par une inter-
férence électrique. Grâce à cet écran, je pouvais voir à travers ce globe de seize cents kilomètres de diamètre au centre duquel nous
voyagions. Aucun objet, de quelque taille qu'il
fût, ne pouvait pénétrer à l'intérieur de ce globe sans que les doigts invisibles de la radio
ne l'aient détecté et donné l'alarme.

Nous étions maintenant en toute sécurité
sur le chemin du retour. Le commandant Doyle avait décidé de ne pas regagner directement
la Station Intérieure, à cause de l'épuisement
proche de nos réservoirs d'oxygène. Nous nous
poserions d'abord sur l'une des trois Stations
Relais, à trente-cinq mille kilomètres au-dessus de la Terre. La fusée pourrait y être réap-
provisionnée avant d'accomplir la dernière
étape de son voyage.

J'étais sur le point de couper le contact de
l'écran de radar quand je remarquai une fai-

ble tache lumineuse, à la distance maximum.
Elle s'évanouit une seconde plus tard, tandis
que notre faisceau se déplaçait vers un autre
secteur. J'attendis qu'il ait terminé son balaya-
ge circulaire, me demandant si je ne m'étais
pas trompé. Y avait-il d'autres fusées dans les
parages ? C'était possible, après tout.

Il n'y avait plus de doute : l'étincelle apparut de nouveau, au même endroit. J'avais appris à manœuvrer le contrôle de détection et
j'arrêtai donc le faisceau pour le bloquer sur
l'écho lointain. Il se trouvait à huit cents kilomètres environ et il se déplaçait assez lentement, du moins par rapport à nous. Après
l'avoir observé pendant quelques secondes,
j'appelai Tim. Ce n'était évidemment pas assez important pour déranger le commandant.
Pourtant, il y avait une chance pour qu'il s'agisse réellement d'un météore, dont l'examen était
toujours intéressant. Pour refléter une tache
de cette taille, il devait constituer une pièce
beaucoup trop grosse pour être emportée avec
nous, mais nous pourrions peut-être en préle-
ver des morceaux comme souvenirs, si nous
nous accordions à sa vitesse, bien entendu.

Tim remit en marche le contrôle de détection dès que je lui passai les commandes. Il
croyait que j'avais de nouveau repéré notre
container abandonné, et son scepticisme me
contrariait un peu, car je me rendais compte
qu'il avait peu de confiance dans mon bon
sens. Mais il constata bientôt que la tache se
trouvait dans une partie du ciel complètement
différente, et son incrédulité disparut.

— Oui, ce doit être un astronef, dit-il, bien
que l'écho ne me semble pas assez gros pour

cela. Nous le saurons bientôt : si c'est une fusée, elle doit avoir une balise-radio.

Il régla notre réception sur la fréquence de balisage, mais sans résultat. Quelques appareils se trouvaient à grande distance dans d'autres parties du ciel, mais il n'y avait rien d'aussi proche que notre repère.

Norman nous rejoignit et regarda au-dessus de l'épaule de Tim.

— Si c'est un météore, dit-il, espérons qu'il se composera d'un bon gros morceau de platine ou de quelque chose de même valeur. Nous serons tous riches d'un seul coup et nous pourrons prendre notre retraite.

— Hé ! Minute ! m'exclamai-je. C'est moi qui l'ai trouvé !

— Je ne crois pas que ça compte, riposta Norman. Tu ne fais pas partie de l'équipage et tu ne devrais même pas être ici.

— Ne t'en fais pas ! intervint Tim. Personne n'a jamais trouvé autre chose que du fer dans les météores. Je veux dire en certaine quantité. Le mieux que tu puisses espérer rencontrer, c'est un morceau d'acier au nickel, probablement si dur que tu ne pourras même pas en scier un bout comme souvenir.

Nous avions à présent délimité la course de l'objet et découvert qu'il passerait à moins de trente kilomètres de la fusée. Si nous voulions établir le contact, il nous fallait modifier notre vitesse d'environ trois cents kilomètres-heure, ce qui était peu mais nécessiterait un gaspillage de notre carburant chèrement acquis. C'est pourquoi le commandant ne le permettrait pas s'il n'était question que de satisfaire notre curiosité.

— De quelle grosseur doit-il être demandai-je, pour produire un écho aussi vif ?

— On ne peut le savoir, déclara Tim. Ça dépend de la matière dont il est fait et de la façon dont il est tourné. Une fusée pourrait rendre un signal aussi petit que celui-là si sa queue était seule visible.

— Je crois que j'ai trouvé ! dit soudain Norman. Et ce n'est pas un météore ! Regardez un peu...

Il venait de fouiller le Vide au télescope, et je pris place au viseur, battant Tim juste d'une longueur. Sur un fond de pâles étoiles, un objet vaguement cylindrique, brillamment éclairé par le soleil, tournait lentement sur luimême dans l'Espace. Du premier coup d'œil, je remarquai sa structure artificielle. Après l'avoir regardé accomplir une révolution complète, je constatai que ses lignes étaient aérodynamiques et que son avant était effilé. Il ressemblait beaucoup plus à un obus d'artillerie de l'ancien temps qu'à une fusée moderne. Le fait que ses lignes étaient profilées prouvait qu'il ne pouvait s'agir d'un réservoir vide de la rampe d'Hipparchus. En effet, les containers propulsés étaient de simples cylindres à bouts plats, puisque l'aérodynamisme était inutile dans l'orbite sans air de la Lune.

Nous fîmes appel au commandant Doyle, qui regarda longuement dans le télescope. Il déclara finalement, à ma grande joie :

— Quoi que ce soit, nous ferions mieux d'aller jeter un coup d'œil dessus pour faire un rapport. Nous avons du carburant maintenant, et ça ne nous prendra guère que quelques minutes.

Notre appareil pivota sur lui-même au mo-

ment où commençait la correction de cap. Les
rockets grondèrent pendant quelques secondes,
notre direction fut recontrôlée, et les rockets
opérèrent de nouveau. Après plusieurs autres
manœuvres plus courbes, nous arrivâmes à
moins de deux kilomètres du mystérieux objet.

Nous nous glissions vers lui sous la douce
impulsion des seuls propulseurs de direction.
Pendant toutes ces opérations d'approche, il
était impossible de se servir du télescope ;
lorsque je revis ma découverte, elle n'était plus
qu'à quelques centaines de mètres de notre
hublot et elle se dirigeait lentement vers nous.

Son aspect était effectivement artificiel et ce
pouvait être celui d'une fusée. Ce qu'elle faisait là, dans les parages de la Lune, nous ne
pouvions que nous le demander. Plusieurs théories furent avancées. Puisqu'elle avait à peu
près trois mètres de long, elle pouvait être un
de ces projectiles de reconnaissance automatique comme on en lançait aux premiers temps
du vol interplanétaire. Le commandant Doyle
n'y croyait pas, car, pour autant qu'il le savait, ils avaient été tous dénombrés. De plus,
l'engin ne semblait comporter aucune des installations de radio, de T.V. que de tels projectiles transportaient. Il était peint d'un rouge vif, une bizarre couleur, pensai-je, pour un
appareil de l'Espace. Il y avait une espèce d'ins-
cription sur le côté, écrite apparemment en
anglais, quoique je ne pusse distinguer un mot
à cette distance. Comme l'engin se retournait
lentement, un motif noir sur un fond blanc
apparut, mais disparut avant que je ne réussis-
se à l'interpréter, et je dus attendre la prochaine période de visibilité. A ce moment-là,

la petite fusée était parvenue considérablement plus près et n'était plus qu'à une quinzaine de mètres de nous.

— Je n'aime pas l'allure de cet objet, déclara Tim Benton, se parlant moitié à lui-même. Cette couleur, par exemple. Le rouge est la marque du danger !...

— Ne sois pas vieux jeu ! railla Norman. Si c'était une bombe ou quelque chose comme ça, il n'y aurait certainement pas d'avertissement.

Tout à coup, le dessin dont j'avais eu un bref aperçu redevint visible. Même à première vue, il s'en dégageait comme une impression d'inquiétude vaguement familière. Puis, il n'y eut plus aucun doute. Nettement tracé sur le côté du projectile qui s'approchait toujours, se détachait le symbole de la Mort : le crâne et les tibias.

CHAPITRE X

Le commandant Doyle devait avoir déchiffré cet avis menaçant aussi rapidement que nous, car, un instant plus tard, nos rockets se remirent à gronder. L'engin écarlate vira lentement de côté et commença à s'éloigner de nouveau. Au moment de son approche maximum, j'avais pu lire les mots peints en dessous du lugubre dessin et tout s'était éclairci. L'avertissement était ainsi conçu :

ATTENTION !
DÉCHETS RADIOACTIFS !
COMMISSION DE L'ÉNERGIE ATOMIQUE.

— Si seulement j'avais un compteur Geiger à bord, dit pensivement le commandant. Malgré tout, ils ne doivent plus être très dangereux de nos jours et je ne pense pas que nous en ayons pris une forte dose. Mais nous devrons tous nous soumettre à une prise de sang à l'arrivée à la base.

— Depuis combien de temps croyez-vous qu'ils sont là, commandant ? demanda Norman.

— Voyons... je crois qu'on a commencé à se débarrasser de ces dangereux déchets vers 1970... On ne l'a pas fait longtemps, car les Corporations de l'Espace ont mis tout de suite un terme à cette hérésie. A notre époque, bien sûr, nous savons traiter tous les sous-produits des piles atomiques : mais, dans l'ancien temps, il y avait un tas d'isotopes radioactifs dont on ne pouvait se servir. Une manière plutôt expéditive de trancher le dilemme, et aussi une solution peu clairvoyante !

— J'ai entendu parler de ces containers à déchets, déclara Tim. Mais je pensais qu'ils avaient tous été ramassés et que leur contenu avait été enfoui quelque part sur la Lune.

— Apparemment, pas celui-là ! dit le commandant. Mais il le sera bientôt, quand nous l'aurons signalé. Bon travail, Malcom ! Tu as contribué à rendre l'Espace plus sûr !

Je fus heureux du compliment, bien qu'un peu inquiet à l'idée que nous avions pu recevoir une dose dangereuse de radiations de la part des isotopes en décomposition dans le cercueil céleste. Heureusement, mes craintes devaient se révéler sans fondement ; nous avions quitté leur voisinage trop rapidement pour en être affectés.

Nous découvrîmes aussi, mais plus tard, l'histoire de ce projectile égaré. La Commission de l'Energie Atomique est encore un peu honteuse de cet épisode de ses annales, et elle se refusa longtemps à en donner le rapport. Elle admit finalement l'envoi, en 1981, d'un container destiné à aller s'écraser sur la Lune, mais qui n'y était jamais parvenu. Les astronomes eurent pas mal de travail à expliquer comment cet objet était entré dans l'orbite où nous l'avions trouvé ; ce fut une explication compliquée où il était question des gravités de la Terre, du Soleil et de la Lune...

Notre détour ne nous avait pas fait perdre beaucoup de temps et nous n'avions que quelques minutes de retard sur l'horaire quand nous entrâmes dans l'orbite de la Station Relais n° 2, celle qui se situe à 30 degrés de latitude est, au-dessus du centre de l'Afrique. J'étais maintenant habitué à rencontrer des installations bizarres dans l'Espace, aussi le premier contact avec la Station ne me surprit-il pas le moins du monde. Elle se composait d'une charpente plate et rectangulaire dont une face était tournée vers la Terre. Recouvrant cette face se trouvaient des centaines de petits réflecteurs concaves qui constituaient le système de foyer convergent et émettaient les signaux radio destinés à la planète ou collectaient pour les retransmettre à ceux qui en provenaient.

Nous approchâmes avec précaution et nous entrâmes en contact avec l'arrière de la Station. Un pilote qui laisserait son appareil passer devant elle deviendrait très impopulaire ! Sa maladresse pourrait causer une panne temporaire des milliers de circuits en bloquant

les faisceaux d'ondes. Car tous les services à
longues distances de la planète et la plupart
des chaînes de radio et de T.V. étaient relayés
par les Stations. En observant de plus près,
je vis qu'il existait deux autres jeux de sys-
tèmes réflecteurs orientés non pas vers la Terre mais dans les deux directions qui s'en si-
tuaient à soixante degrés. Ceux-ci dirigeaient
leurs faisceaux vers les deux autres stations,
de telle sorte que les trois ensemble formaient
un vaste triangle tournant lentement avec notre planète.

Notre escale ne dura que douze heures ; pendant ce temps, notre vaisseau fut révisé et
réapprovisionné. Je ne revis jamais le pilote,
mais je sus plus tard qu'il avait été partiellement dégagé de ses responsabilités. Nous devions continuer notre voyage avec un jeune
capitaine qui ne montra aucun désir de parler
du destin de son collègue. Les pilotes de l'Espace semblent former un club très sélect et
très exclusif ; ils ne s'abandonnent jamais
et ne discutent pas les fautes de leurs camarades, tout au moins avec les gens n'appartenant
pas à leur corps de métier. Je pense qu'on
peut difficilement les blâmer, car leur travail
est chargé de plus de responsabilités qu'aucun autre.

Les conditions de vie sur la Station Relais
étaient sensiblement les mêmes que sur la Station Intérieure, aussi n'est-il pas dans mon
intention de perdre du temps à les décrire.
De toute façon, nous ne sommes pas restés
assez longtemps pour voir une grande partie
de la place et le personnel de la Station était
trop occupé pour se soucier de nous la faire
visiter. Toutefois, les gens de la télévision in-

sistèrent pour que nous acceptions de retracer nos aventures depuis notre départ de l'Hôpital. L'interview eut lieu dans un studio de fortune, si étroit qu'il ne pouvait pas nous contenir tous. Nous dûmes alors nous y introduire un par un, au signal qui nous était donné. Il semblait amusant de ne pas trouver de meilleurs accommodements au cœur même du réseau mondial de la T.V., et pourtant c'était assez normal puisque une émission originaire de la Station Relais était en fait un événement rarissime.

Nous eûmes aussi un bref aperçu du poste central des circuits, mais je crains qu'il n'ait pas signifié grand-chose à nos yeux. Il y avait des mètres carrés de cadrans et de lampes de couleurs avec des hommes assis de place en place, vérifiant des écrans et tournant des manettes. Des haut-parleurs déversaient des paroles dans toutes les langues et, en allant d'un opérateur à l'autre, nous pouvions voir des matches de football, des orchestres, des meetings d'aviation, du hockey sur glace, des expositions artistiques, du grand opéra, bref, c'était un véritable carrefour des distractions du monde. Et tout cela dépendait de ces trois petits radeaux de métal flottant à trente-cinq mille kilomètres dans le ciel ! Au spectacle de quelques-uns des programmes en cours, je me demandai si ça en valait vraiment la peine...

Le rôle des Stations Relais ne se limitait pas à cela, bien sûr. Les circuits interplanétaires transitaient par là. Si Mars voulait appeler Vénus, il était parfois préférable de faire passer le message par les relais terrestres. Nous écoutâmes d'ailleurs certaines de ces communications, presque toutes émises en si-

gnaux morse à grande vitesse. Nous n'y com-
prîmes pas grand-chose. Il faut plusieurs minutes aux ondes de radio pour franchir l'abî-
me qui sépare les planètes même les plus proches, c'est pourquoi vous ne pouvez entretenir une conversation avec quelqu'un situé sur
un autre monde. (La Lune fait exception, mais
il faut attendre pendant un intervalle de presque trois secondes avant d'obtenir une réponse quelconque). La seule émission captée sur
le circuit martien était un exposé dirigé vers
la Terre pour retransmission par un commen-
tateur. Il traitait de la politique locale et de
la récolte de la dernière saison. Tout cela semblait plutôt monotone...

*
**

Malgré le bref séjour, une particularité de
la Station Relais m'impressionna vivement.
Partout ailleurs où j'étais allé on pouvait regarder la Terre « en bas » et la voir tourner
sur son axe, présentant le spectacle de nouveaux continents au fur et à mesure que les
heures passaient. Mais, d'ici, de tels change-
ments n'existaient pas. Le globe conservait
éternellement la même face dirigée vers la Station. La nuit et le jour continuaient cependant
à se produire sur la planète ; mais avec chaque
aube et avec chaque coucher la Station se trouvait toujours exactement à la même place. Elle
était perpétuellement suspendue en un point
situé au-dessus d'Uganda, à trois cent vingt
kilomètres du Lac Victoria. De cette façon, il
était difficile de se convaincre que la Station
bougeait, bien qu'elle voyageât pourtant autour de la Terre à plus de dix mille kilomètres
heure. Mais, évidemment, du moment qu'il lui
fallait exactement un jour pour accomplir son

circuit, elle surplombait immuablement l'Afrique, tout comme les deux autres stations demeuraient au-dessus des côtes opposées du Pacifique.

C'était à ce seul titre que l'ambiance existant sur le Relais paraissait très différente de celle qui régnait sur la Station Intérieure. Les hommes qui se trouvaient ici pratiquaient un travail qui les conservait en contact avec tous les événements de la Terre, souvent avant que la Terre en eût connaissance elle-même. Et pourtant, ils étaient aussi à la frontière du véritable Espace, car il n'y avait plus rien d'autre entre eux et l'orbite de la Lune. C'était une situation étrange, et j'aurais bien voulu rester en ce lieu plus longtemps.

Mais, à moins qu'il ne se produisît d'autres accidents, mes vacances dans l'Espace touchaient à leur fin. J'avais déjà manqué la fusée qui était censée me ramener chez moi, et ce n'était pas un avantage aussi intéressant que je l'avais espéré. J'appris qu'il était prévu de m'expédier à la Station Résidentielle et de m'embarquer à bord de la « fuséeferry » régulière, de sorte que je regagnerais la Terre avec les passagers de Mars ou de Vénus.

Notre voyage de retour vers la Station Intérieure se passa sans le moindre incident et fut plutôt ennuyeux. Nous ne pûmes persuader le commandant Doyle de nous conter d'autres histoires et j'eus même l'impression qu'il était un peu honteux d'avoir été si bavard après notre départ de l'Hôpital. Il est vrai que cette fois-ci, il ne voulait plus courir de risques avec le pilote...

Il me sembla arriver à la maison lorsque le

chaos familier de la Station apparut. Rien
n'avait beaucoup changé : quelques fusées
étaient parties et d'autres avaient pris leur place, c'est tout. La troupe des apprentis nous
attendant dans la soupape constituait un co-
mité de réception officieux. Ils firent une ova-
tion au commandant lorsqu'il monta à bord,
malgré les joyeuses plaisanteries qui devaient
fuser par la suite à propos de nos diverses
aventures. En particulier, le fait que le « Morning Star » ait été abandonné à l'Hôpital pro-
voqua de nombreuses protestations et nous ne
ne réussîmes jamais à en rendre le commandant uniquement responsable.

Je passai une grande partie de ma dernière
journée sur la Station à collecter des autogra-
phes et des souvenirs. Le meilleur témoigna-
ge de mon séjour fut quelque chose de très
inattendu : une magnifique petite maquette
de la Station, fabriquée en plastique et of-
ferte par tous mes camarades. J'en fus tellement heureux que ma langue se paralysa et
que je ne sus comment les remercier. Mais je
crois qu'ils ont compris ce que je ressentais.

Enfin, toutes mes affaires furent emballées
et je n'eus plus à espérer qu'une chose : que
je ne dépassais pas les limites du poids autorisé. Il me restait encore un adieu à faire.

Le commandant Doyle était assis à son bureau, exactement dans la même position où
il m'était apparu lors de notre première rencontre. Mais il n'était plus aussi terrifiant,
maintenant que j'avais appris à le connaître et
à l'admirer. Je lui dis que j'espérais n'avoir
pas été trop encombrant.

— Eh bien, ça n'a pas trop mal marché,
dit-il en souriant. Dans l'ensemble, tu t'es fait

oublier assez bien, quoique tu te sois arrangé pour aller dans des endroits... euh... plutôt inattendus. Je me demande si je ne devrais pas envoyer une facture à la « World Airways » pour le carburant que tu as usé dans tes petits voyages. Cela se chiffrerait par une jolie somme.

Je pensai qu'il valait mieux garder le silence là-dessus, et je ne répondis pas. Après avoir compulsé des papiers sur son bureau, le commandant reprit :

— Je suppose que tu te rends compte, Roy, que des tas de gens sollicitent des emplois ici sans obtenir satisfaction ? Pour beaucoup, les conditions sont trop dures. Ma foi, j'ai eu l'œil sur tout pendant ces dernières semaines et j'ai remarqué que tu te façonnais à cette vie... Quand tu auras l'âge — c'est-à-dire dans une paire d'années, n'est-ce pas — si tu veux présenter ta candidature, je serai heureux de te recommander.

— Oh, merci, commandant !

— Evidemment, il y a des études considérables à faire. Tu as vu la plupart des distractions et des jeux, mais tu ne connais pas le plus pénible du travail. Crois-moi, ça ne consiste pas à flâner pendant des mois dans l'attente de la prochaine permission, en se demandant pourquoi on a quitté la Terre...

Je ne pouvais rien ajouter à cela, c'était un problème qui devait toucher le commandant plus durement que n'importe qui sur la Station.

Il se propulsa hors de son siège et tendit sa main droite vers moi. Au moment du shake-hand, je me souvins une nouvelle fois de notre première rencontre. Comme elle me paraissait lointaine ! Et je réalisai soudain que, quoique l'ayant vu tous les jours, j'avais presque oublié que le commandant n'avait pas de jambes. Il était si parfaitement adapté à son milieu que c'étaient les autres qui semblaient anormaux. Magnifique leçon, ce résultat de la volonté de la détermination !

J'eus une surprise en arrivant à la soupape. Sans m'en être véritablement préoccupé, j'avais supposé que l'une des fusées-ferry régulières me mènerait à la Station Résidentielle pour y attendre l'arrivée de l'astronef pour la Terre. Or, au lieu de cela, j'aperçus la carcasse délabrée de l'« Alouette de l'Espace » dont les cordes d'amarrage flottaient mollement. Je me demandai ce qu'allaient penser nos nobles voisins quand cet engin bizarre arriverait à leur porte, mais je me dis que cet arrangement était probablement destiné spécialement à les scandaliser.

Tim Benton et Rennie Jordan composaient l'équipage. Ils m'aidèrent à transporter mes bagages à travers la soupape. Ils considérèrent d'un air de doute le nombre de paquets dont j'étais chargé et ils parurent se demander si je connaissais le tarif interplanétaire du transport des marchandises. Heureusement, la traversée pour la Terre est de beaucoup la moins chère et je pus emmener le tout.

Le grand tambour pivotant de la Station Résidentielle se rapprochait lentement tandis que l'informe amalgame de dômes et de couloirs pressurisés qui avait été mon foyer pendant si longtemps se rétrécissait derrière nous. Avec beaucoup de précautions, Tim amena l'« Alouette » juste dans l'axe de la Station. Je ne pus voir exactement ce qui se passa alors, mais d'énormes bras articulés sortirent à notre rencontre et nous attirèrent lentement jusqu'à ce que les deux soupapes fussent assemblées.

— Eh bien, adieu ! dit Ronnie. J'espère que nous te reverrons ?

— Je l'espère, répondis-je, me demandant si je devais parler de l'offre du commandant Doyle. Passe me voir quand tu descendras sur Terre.

— Merci, je tâcherai. Je te souhaite un bon retour.

Je leur serrai la main à tous les deux, en me sentant très malheureux. Puis les portes se refermèrent et je m'engageai dans l'hôtel volant qui avait été mon voisin depuis tant de jours, mais que je ne connaissais pas encore.

La soupape se terminait en un large couloir circulaire où un steward en uniforme m'attendait. Cela donnait tout de suite le ton de l'endroit. Après avoir dû jusque-là me débrouiller par moi-même, je ressentais une drôle d'impression à confier mes bagages à un autre. Surtout que je n'étais pas habitué à être appelé « Monsieur ».

Je regardai avec intérêt mon guide placer soigneusement mes valises contre la paroi du couloir. Il me dit ensuite de prendre place à côté. Une faible vibration se produisit alors, qui me rappela mon expérience dans le tambour de l'Hôpital. La même chose se passait ici : le couloir commença à tourner pour se synchroniser avec la vitesse de rotation de la Station, cependant que la force centrifuge me rendait du poids. Je ne pourrais pas pénétrer à l'intérieur de l'hôtel tant que ces deux vitesses ne seraient pas devenues égales.

Un voyant lumineux se mit à clignoter et je

compris que le but recherché était atteint. La force qui me collait au mur incurvé était très faible, mais elle augmenterait au fur et à mesure que je m'éloignerais du centre la Station, jusqu'à ce qu'elle soit semblable sur les bords à la gravité totale de la Terre. Je n'étais pas tellement pressé de retrouver cette sensation, après des semaines de complète impondérabilité.

Le couloir débouchait dans un vestibule qui menait, à ma grande surprise, à une cage d'ascenseur. Après une courte montée au cours de laquelle des accidents bizarres semblaient avoir déformé mon sens de la direction verticale, la porte s'ouvrit pour révéler un vaste hall. Je pus difficilement me convaincre que je n'étais pas sur la Terre, car cet endroit aurait pu être le foyer de n'importe quel hôtel de luxe. Il y avait un bureau de réception où les résidents prenaient des renseignements ou déposaient des doléances, et un personnel en uniforme s'affairait de long en large. De temps en temps, un chasseur s'entendait appelé par un système de haut-parleurs. Les gens marchaient avec des bonds gracieux et souples qui seuls révélaient l'originalité de l'établissement. Au-dessus du bureau s'étalait une grande pancarte disant :

GRAVITÉ A CET ÉTAGE = 1/3

C'était là, me dis-je, ce qui convenait à peu près aux colons retour de Mars. Tous les gens qui m'entouraient venaient probablement de la planète rouge, ou y allaient.

Après mon admission, on m'octroya une petite chambre, juste assez vaste pour contenir un lit, une chaise et un lavabo. C'était si étrange de revoir l'eau couler librement, que mon premier geste fut d'ouvrir le robinet pour regarder la flaque de liquide se former dans le fond de la cuvette. Alors me vint à l'esprit qu'il devait y avoir des bains dans l'hôtel. En poussant un cri de joie, je me mis à leur recherche. Je m'étais complètement dégoûté des douches et de tous les inconvénients qui les accompagnaient.

C'est ainsi que je passai la plus grande partie de mon premier soir sur la Station Résidentielle. Dans mon voisinage vivaient des voyageurs qui rentraient des mondes lointains avec sans doute le souvenir d'étranges aventures. Mais ma curiosité pouvait attendre jusqu'à demain. Pour l'instant, j'allais me délecter d'une de ces expériences que la gravité rendait possible : j'allais m'étendre dans une masse d'eau qui n'essayerait pas de se transformer en une géante et mouvante goutte de pluie.

CHAPITRE XI

Il était tard dans l'« après-midi » lorsque j'étais arrivé à bord de la Station. Ici, le temps était accordé sur le cycle des nuits et des jours qui réglait la vie terrestre. Toutes les vingt-quatre heures, les lumières déclinaient, un silence respecté s'instaurait et les pensionnaires allaient se coucher. Derrière les parois de l'hôtel, le soleil pouvait luire ; il pouvait aussi se cacher derrière la Terre. Ce monde de couloirs cintrés, de tapis épais, de douce lumière et de chuchotements tranquilles n'y voyait aucune différence. Nous avions notre temps à nous et personne ne prêtait la moindre attention à l'astre flamboyant.

Je ne dormis pas très bien au cours de ma première nuit sous la gravité, bien que mon poids ne fût encore que le tiers de celui auquel j'avais été habitué toute ma vie. Ma respiration était difficile et je fis des rêves désagréables. Il me semblait sans cesse grimper au flanc d'une colline escarpée, avec un lourd chargement sur mon dos. Mes jambes étaient douloureuses, mes poumons haletaient et la colline s'étalait sans fin devant moi. Je peinai pendant longtemps sans jamais atteindre le sommet... Je réussis enfin à m'assoupir et je ne me souvins plus de rien. Un steward vint m'éveiller pour le petit déjeuner que je pris sur un plateau fixé à mon lit. Bien qu'anxieux de visiter la Station, je m'attardai sur ce léger repas qui était une expérience nouvelle que je voulais savourer pleinement. Déjeuner au lit était assez rare pour moi, mais une telle fantaisie, sur une Station de l'Espace, était vraiment un événement sensationnel.

Une fois habillé, je me mis à explorer mon nouveau milieu. La première caractéristique à laquelle je devais m'habituer, c'était l'incurvation de tous les planchers. Bien sûr, il fallait aussi se faire à l'idée que les planchers existaient ! Après avoir vécu plusieurs semaines sans la notion de « haut » et de « bas », c'était déroutant. La raison en était assez simple. Je vivais maintenant à l'intérieur d'un cylindre géant qui tournait lentement sur son axe. La force centrifuge — la même force qui maintenait la Station dans le ciel — agissait une nouvelle fois, me collant sur le bord du tambour rotatif. En marchant droit devant moi, je pouvais faire le tour de la circonférence résidentielle et revenir à mon point de départ. A n'importe quel endroit, le « haut » se trouverait vers l'axe central du cylindre, ce qui voulait dire qu'une personne située à quelques mètres plus avant sur la courbe semblait être penchée vers moi. Cependant, cette personne se sentait parfaitement normale et, à ses yeux, c'était moi qui me trouvais incliné ! La sensation était embarrassante, au début ; mais on s'y habituait comme à toute autre chose. Les architectes s'étaient livrés à quelques tours intelligents de décoration pour camoufler cette particularité, sans compter que dans les petites pièces l'incurvation était trop légère pour être remarquée.

La Station n'était pas composée d'un seul cylindre, mais de trois cylindres construits à l'intérieur l'un de l'autre. En s'éloignant du centre, on avait l'impression que la pesanteur augmentait. Le rouleau central constituait l'étage de la « Gravité 1/3 », et, à cause de sa situation la plus proche des soupapes, il était principalement réservé à l'accueil des voyageurs et de leurs bagages. On disait qu'en restant suffisamment longtemps en observation en face du bureau de réception, on pouvait voir tous les notables des quatre planètes...

Enveloppant ce cylindre central se trouvait l'étage (plus spacieux) de la « Gravité 2/3 ». Vous passiez de l'un à l'autre au moyen d'ascenseurs ou d'escaliers curieusement incurvés. C'était une sensation plutôt insolite que de descendre ces escaliers, et je trouvai au premier abord que cela nécessitait même une certaine force de volonté, car je n'étais pas encore accoutumé au tiers de mon poids normal. En descendant ces marches doucement (tout en agrippant très fermement la rampe) je crus devenir de plus en plus lourd. En arrivant en bas, mes mouvements étaient si lents et si pesants que je m'imaginai que tout le monde me regardait. Pourtant, je m'habituai rapidement à cette sensation. Il le fallait bien, puisqu'il me faudrait un jour retourner au pays de la pesanteur !

La plupart des passagers étaient les hôtes de cet étage de la « Gravité 2/3 ». Presque tous étaient en provenance de Mars et attendaient leur départ pour la Terre. Ils avaient déjà expérimenté la gravité terrestre normale au cours des dernières semaines de leur voyage — grâce au mouvement rotatif de leur astronef — mais ils ne l'appréciaient visiblement pas pour autant. Leur démarche était prudente et ils trouvaient toujours des excuses pour monter à l'étage supérieur, où la gravité avait la même valeur que sur Mars.

Je n'avais jamais rencontré de colons martiens auparavant et ces gens me fascinaient. Leurs vêtements, leur accent, tout en eux avait un air singulier, bien qu'il fût souvent difficile de dire justement de quelle nature était cette singularité. Ils paraissaient tous se connaître par leurs prénoms ; ce n'était peut-être pas surprenant après leur long voyage, mais je découvris plus tard qu'il en était de même sur Mars. Les colonies là-bas étaient encore assez petites pour que chacun pût se connaître. Ils trouveraient les choses bien différentes sur Terre !

Je me sentais un peu seul parmi tous ces

étrangers et il se passa un certain temps avant
que je fisse des connaissances. Il y avait quelques petites boutiques à l'étage de la « Gravité 2/3 », et on pouvait s'y procurer des objets de toilettes et des souvenirs. J'étais en
train d'explorer l'une de celles-ci quand une
équipe de trois jeunes colons fit son entrée.
Le plus âgé était un garçon d'à peu près mon
âge et il était accompagné de deux jeunes filles,
apparemment ses sœurs.

— Hello ! dit-il d'emblée. Tu n'étais pas sur
la fusée, que je sache ?

— Non, répondis-je. Je viens tout juste d'arriver de la deuxième partie de la Station...

— Comment t'appelles-tu ?

Sur Terre, une question aussi brusque aurait paru grossière ou, pour le moins, de mauvais ton ; mais j'avais appris que les colons
avaient de telles manières. Ils étaient directs
et allaient droit au but sans jamais gaspiller
de mots. Je décidai d'adopter la même attitude.

— Je suis Roy Malcom. Et toi ?

— Oh ! s'exclama une des filles. Nous avons
lu des articles sur vous dans les journaux au
cours de notre voyage. Il paraît que vous avez
fait le tour de la Lune et d'autres choses dans
ce genre.

J'étais très flatté de savoir qu'ils avaient entendu parler de moi, mais je haussai les épaules comme si cela n'avait aucune importance.
En tout cas, je ne voulais pas essayer de me
vanter, car ils étaient allés beaucoup plus loin
que moi.

— Mon nom est John Moore, déclara le garçon. Et voici mes sœurs, Ruby et May. C'est

la première fois que nous nous rendons sur Terre.

— Tu veux dire que vous êtes tous trois nés sur Mars ?

— Exactement. Nous rentrons chez nous pour aller au collège.

Il paraissait étrange d'entendre cette allusion à un « retour », dans la bouche de quelqu'un qui n'avait jamais mis les pieds sur la planète Terre. J'étais prêt à demander : « Vous ne pourriez donc pas recevoir une bonne instruction sur Mars ? » mais je m'arrêtai heureusement à temps. Les colons étaient très sensibles aux critiques de ce genre, même si elles n'étaient pas faites dans une mauvaise intention. Ils détestaient également le terme de « colon », et il valait mieux l'éviter quand ils étaient dans les parages. D'autre part, vous pouviez difficilement les appeler « Martiens » puisque ce nom servait à désigner les habitants aborigènes de la planète rouge.

— Nous sommes à la recherche de quelques souvenirs, dit Ruby. Ne trouvez-vous pas que c'est joli, cette carte-plastique d'une étoile ?

— J'aurais volontiers acheté ce météore gravé, dis-je, mais le prix est terrifiant.

— De combien disposes-tu ? demanda soudain John.

Je retournai mes poches et fis un rapide calcul. A ma stupéfaction, John répliqua aussitôt :

— Je peux te prêter le reste, tu me rembourseras en arrivant sur Terre.

Ce fut mon premier contact avec cette générosité spontanée que chacun trouvait naturelle sur Mars. Je ne pouvais accepter l'offre, mais je ne voulais pas non plus blesser la susceptibilité du garçon. Par chance, j'avais une bonne excuse.

— C'est très gentil à toi, dis-je, mais je viens de me rappeler que j'ai atteint la limite du poids autorisé pour les bagages. La question est tranchée, je ne peux plus rien emporter d'autre.

Je fus inquiet, l'espace d'une minute, m'attendant à ce que l'un des Moore m'offrît de la place sur son propre contingent, mais, par bonheur, ils devaient avoir atteint la limite, eux aussi.

Après la rencontre, ils me conduisirent inévitablement auprès de leurs parents. Nous les trouvâmes dans le hall principal, en train de se familiariser à la lecture des journaux de la Terre. Dès qu'elle me vit, Mrs. Moore s'exclama :

— Qu'avez-vous fait de vos vêtements ?...

Je réalisai pour la première fois que mon séjour sur la Station Intérieure avait transformé mon complet en une chose informe. Avant que j'aie compris ce qui m'arrivait, j'étais revêtu d'un des costumes de John. Il m'allait bien, mais ses couleurs vives et son genre de coupe étaient effarants, tout au moins comparés à celui auquel j'étais habitué. Je suis sûr cependant qu'il passait inaperçu ici.

Nous avions tant de sujets de conversations que les heures passées dans l'attente de la fusée-ferry défilèrent extrêmement vite. La vie sur Mars était aussi nouvelle pour moi que la vie sur Terre l'était pour les Moore. John déballa une belle collection de photos qu'il avait prises lui-même, montrant l'aspect des grandes agglomérations de dômes et des déserts colorés. Il avait beaucoup voyagé et possédait quelques vues merveilleuses représentant des scènes de la vie et des paysages martiens. Elles étaient si jolies que je lui suggérai de les vendre à des magazines illustrés. Il répondit d'un ton légèrement choqué :

— C'est déjà fait !

L'image qui me captivait le plus était une photographie d'une grande région de culture, la Syrtis Major, comme l'appelait John. La photo avait été prise d'une altitude considérable, d'un lieu surplombant les pentes d'une très large vallée. Il y a des millions d'années, les éphémères océans martiens avaient recouvert ce pays ; les ossements fossiles d'étranges créatures marines étaient encore encastrés dans ses rocs. A présent, la planète connaissait une vie nouvelle. Dans la vallée, de grandes machines retournaient le sol couleur brique pour préparer l'installation de colons arrivant de la Terre. Je pouvais distinguer, au loin, des hectares de cette plante appelée « herbe à oxygène », dont les rangées se détachaient nettement. Cette curieuse plante a la propriété, en poussant, de puiser dans les minéraux du sol pour dégager, comme son nom l'indique, de l'oxygène, de sorte qu'un jour les hommes pourront vivre sur la planète sans masques respiratoires.

Mr. Moore se tenait au premier plan avec deux petits Martiens à ses côtés. Les chétives créatures étreignaient ses doigts dans leurs mains qui ressemblaient à des griffes, et eux regardaient l'appareil de leurs immenses yeux pâles. Il y avait quelque chose de touchant dans cette scène, qui symbolisait mieux que tout autre artifice les relations amicales des **deux races.**

— Mais !... m'exclamai-je soudain. Ton père ne porte pas de masque !

Il se mit à rire.

— Je me demandais si tu allais le remarquer. Il faudra encore longtemps avant qu'il se trouve suffisamment d'oxygène à l'état libre dans l'atmosphère pour la rendre respirable ; et pourtant, certains d'entre nous parviennent à rester sans masque pendant quelques minutes, à condition de ne pas accomplir de travail trop actif à ce moment-là, bien entendu.

— Comment sont vos rapports avec les Martiens ? demandai-je. Crois-tu qu'ils aient jamais eu une civilisation ?

— Je ne connais rien là-dessus, déclara John. De temps en temps, le bruit court de la découverte de villes en ruine, dans le désert, mais il s'agit toujours de mystifications ou de plaisanteries. Il n'y a pas la moindre preuve que les Martiens aient été un jour différents de ce qu'ils sont aujourd'hui. Ils ne fraternisent pas à proprement parler, sauf quand ils sont jeunes. Les adultes vous ignorent, à moins que vous ne leur passiez dans les jambes, car ils sont près peu curieux.

— J'ai lu quelque part, dis-je, qu'on pouvait comparer leur comportement à celui d'un cheval intelligent plus qu'à celui de tout autre animal terrestre.

— Je ne saurais le dire, reprit John, je n'ai jamais vu un cheval.

Cette réflexion me fit sursauter. Je compris alors que John ne pouvait connaître aucun animal. Notre planète, sans aucun doute, lui réservait de très nombreuses surprises.

— Qu'allez-vous faire exactement lorsque

vous serez sur Terre ? lui demandai-je. C'est à-dire, à part le collège.

— Oh, nous voyagerons d'abord pour voir le paysage. Nous avons vu beaucoup de films et nous nous faisons une idée assez complète de ce qui nous attend, mais voir les choses en réalité, c'est différent.

Je fis de mon mieux pour réprimer un sourire. Bien qu'ayant vécu dans de nombreux pays, je n'avais pas réellement vu une grande partie de la Terre et je me demandai si les Moore se rendaient bien compte de l'immensité de la planète. Leur échelle des valeurs devait être totalement différente de la mienne. Mars est petite et la vie y est possible seulement dans des régions limitées. En réunissant toutes les zones cultivables, vous n'obtiendriez guère une surface plus grande que celle d'un pays de moyenne étendue sur la Terre. Et, naturellement, les zones couvertes par les dômes pressurisés des quelques villes sont encore beaucoup plus petites.

J'étais curieux de savoir ce que mes nouveaux amis connaissaient effectivement de la Terre.

— Il y a certainement, dis-je, des endroits que vous désirez particulièrement visiter ?

— Oh, oui ! répliqua Ruby. Je voudrais voir les forêts. Nous n'avons rien de semblables à vos grands arbres, sur Mars. Ce doit être merveilleux de se promener sous leurs branches et de voir les oiseaux voler autour.

— Car, voyez-vous, nous n'avons pas d'oiseaux non plus, déclara May d'un air d'envie. L'air est trop rare pour eux.

— Moi, je voudrais voir l'océan, dit Johny. J'aimerais naviguer et pêcher. Il est vrai, n'est-

ce pas, que l'on peut aller si loin en mer
qu'on ne sait plus dire où se trouve la terre ?

— Mais bien sûr ! répondis-je.

Ruby fut secouée par un petit frissonne-
ment.

— Toute cette eau m'épouvanterait ! dit-elle.
J'aurais peur de me perdre, et puis j'ai lu qu'on
était terriblement malade sur un bateau.

— Oh, répliquai-je d'un ton insouciant, on
s'y habitue. D'ailleurs, il n'existe plus beaucoup de bateaux maintenant, sauf pour l'agré-
ment. Il y a quelques siècles, la plus grosse
partie du commerce mondial s'effectuait par
la voie maritime, jusqu'à ce que les transports
aériens l'aient remplacée. Bien sûr, vous pouvez toujours louer des bateaux dans les stations balnéaires. On se charge même de les
piloter pour vous.

— Mais... est-ce que c'est sans danger ? in-
sista Ruby. J'ai lu que vos mers étaient in-
festées de monstres qui peuvent remonter à
la surface et vous avaler.

Cette fois, je ne pus m'empêcher de sourire.

— Ne craignez rien, répondis-je, cela n'arrive presque jamais, de nos jours.

— Et les animaux terrestres ? reprit Ruby.
Il n'y en a de très gros, n'est-ce pas ? J'ai entendu parler de tigres et de lions, et je sais
qu'ils sont dangereux. J'ai peur d'en rencontrer, je l'avoue.

« Ma foi, pensai-je, j'espère que j'en sais un
peu plus sur Mars que vous n'en savez sur la
Terre ! » J'étais sur le point d'expliquer que
généralement on ne trouvait pas de tigres man-
geurs d'hommes dans nos villes, lorsque je surpris Ruby en train de sourire à John et je com-

pris alors qu'ils m'avaient fait marcher sur toute la ligne.

Sur ces entrefaites, nous partîmes déjeuner ensemble dans une grande salle à manger où je me sentis plutôt mal à mon aise. J'aggravai encore les choses en oubliant que nous nous trouvions de nouveau sous la gravité et je renversai un verre sur le parquet. Cependant, chacun en rit de si bon cœur que je ne m'en formalisai pas vraiment, la seule personne touchée étant le steward qui dut éponger la flaque.

Pendant le reste de mon court séjour sur la Station Résidentielle, je passai le plus clair de mon temps en compagnie des Moore. Fait assez surprenant, ce fut au cours de cette période que, finalement, je vis ce que je n'avais pas encore vu pendant mes voyages. Bien qu'ayant visité plusieurs Stations de l'Espace, il ne m'avait pourtant jamais été donné de voir la construction de l'une d'elles. A présent, nous étions aux premières loges pour contempler cette opération, et sans nous embarrasser de l'équipement pressurisé. En effet, on procédait alors à l'agrandissement de la station et, depuis les fenêtres situées à l'extrémité de l'étage de la « Gravité 2/3 », nous pouvions en observer le très intéressant processus. C'était là un événement que je pouvais expliquer à mes nouveaux amis, mais je pris soin de ne pas leur dire que ce spectacle m'aurait paru aussi étrange qu'à eux il y avait seulement deux semaines.

Le fait que nous accomplissions une révolution complète toutes les dix secondes était, au début, très déconcertant ; et les deux jeunes filles devinrent plutôt pâles lorsqu'elles

virent derrière les hublots les étoiles danser
autour de nous. Pourtant, l'absence totale de
vibration permettait de s'imaginer aisément
— comme nous le faisons sur la Terre — que
nous étions immobiles et que c'étaient les étoiles qui tournaient.

La construction n'était encore qu'une masse
de poutrelles à claire-voie, recouvertes seulement partiellement de plaques de métal. Jusqu'à présent, elle n'avait pas été animée d'un
mouvement rotatif car les travaux auraient été
rendus impossibles. Pour l'instant, elle flottait donc à environ un kilomètre de nous et
deux fusées de transport se trouvaient à ses
côtés. Une fois terminée, on la halerait doucement jusqu'à la Station et on la ferait tourner sur son axe au moyen de petits moteurs
à rockets. Dès que les deux vitesses de rotation seraient égales, les deux unités seraient
accouplées et la Station Résidentielle aurait
ainsi doublé sa longueur. L'opération tout entière ressemblerait assez à l'engagement d'un
gigantesque embrayage.

Tandis que nous regardions, une équipe était
en train de dégager une forte poutrelle hors
de la cale d'une des fusées. La masse d'acier
avait environ quarante mètres de long et, bien
que n'étant d'aucun poids dans l'Espace, sa
force d'inertie n'en était pas moins inchan-
gée. Il fallut un effort considérable pour la
mettre en mouvement et un effort égal pour
l'immobiliser. Les hommes travaillaient dans
des appareils qui étaient de minuscules fusées individuelles pourvues de rockets à faible
puissance et de propulseurs de direction. Ils
les manœuvraient avec une adresse remarquable, se lançant en avant ou de côté et s'arrê-

tant à quelques centimètres de leur but. D'ingénieux manipulateurs mécaniques, ainsi que des bras métalliques effilés leur permettaient de procéder aux travaux d'assemblage presque aussi facilement que s'ils s'étaient servis de leurs propres mains.

L'équipe était sous le contrôle radio d'un chef ou, pour lui donner son véritable nom, d'un contrôleur qui se tenait dans une petite loge fixée aux poutrelles de la partie déjà construite. A les voir se déplacer de long en large et de haut en bas sous sa direction, dans un synchronisme parfait, je ne pus m'empêcher de les comparer à une bande de poissons rouges évoluant à l'intérieur d'un bocal. De fait, avec le soleil luisant sur leur carapace, ils ressemblaient beaucoup à des créatures aquatiques.

La poutrelle flottait maintenant librement hors de la fusée qui l'avait apportée de la Lune. Deux hommes y attachèrent leurs grappins et la remorquèrent lentement vers la Station. Il me sembla qu'ils mettaient leur système de freinage en action un peu trop tard. Mais il y avait encore quinze bons centimètres entre la barre d'acier et le squelette de la charpente lorsqu'ils s'immobilisèrent. Alors l'un des deux hommes repartit aider au déchargement tandis que l'autre dirigeait la poutrelle vers la brèche jusqu'à ce qu'elle ait fait corps avec le reste de la structure. Elle ne reposait pas selon une ligne correcte, aussi dut-il encore la faire pivoter d'après un angle convenable. Il engagea alors les boulons et commença le serrage. Tout cela paraissait très facile, mais je me doutais de l'immense somme de pratique et d'adresse qui se cachait derrière cette simplicité trompeuse.

＊
＊

Avant de pouvoir retourner sur Terre, il fallait passer une période de quarantaine d'une durée de douze heures, à l'étage de la « Gravité totale », celui du cylindre extérieur de la Station. Aussi dus-je une nouvelle fois descendre ces escaliers incurvés, tandis que mon poids augmentait à chaque marche. Lorsque je fus en bas, mes jambes me semblèrent faibles et chancelantes. Je pouvais à peine croire que c'était là la force de gravité normale au milieu de laquelle j'avais passé toute ma vie.

Les Moore, qui m'avaient accompagné, ressentirent la tension encore plus que moi. La pesanteur était le triple de celle de Mars, et je dus empêcher deux fois John de tomber alors qu'il s'avançait d'un pas mal assuré. La troisième fois, je n'y parvins pas et nous nous ramassâmes tous les deux. Nous avions l'air si misérables qu'au bout d'une minute chacun se mit à rire de l'expression de l'autre et notre moral remonta rapidement. Nous nous assîmes un moment sur l'épais revêtement de caoutchouc recouvrant le sol (les créateurs de la Station avaient pensé à tout !) et nous rassemblâmes nos forces pour une nouvelle tentative. Cette fois, nous réussîmes à rester debout. A la grande contrariété de John, le reste de sa famille se débrouillait bien mieux que lui.

Nous ne pouvions pas quitter la Station Résidentielle sans avoir vu l'une de ses plus grandes curiosités. L'étage de la « Gravité Totale » comportait une piscine, petite, certes, mais dont la célébrité s'étendait à travers tout le système solaire.

Elle était fameuse parce que, au contraire de toutes les autres piscines, celle-ci n'était pas plane. Comme je l'ai expliqué, la gravité de la Station étant causée par son mouvement rotatif, la verticale de tout endroit pointait vers l'axe central. Toute nappe d'eau avait donc une surface concave, épousant effectivement la forme d'un cylindre creux.

Nous ne pûmes résister à la tentation de nous baigner. Dans l'eau, la pesanteur était moins intensément ressentie. Bien qu'habitué aux nombreuses fantaisies de l'Espace, ce fut pour moi une étrange sensation que d'élever ma tête au-dessus de la surface de la piscine et de regarder aux alentours. Dans une direction — celle parallèle à l'axe de la Station — la nappe était entièrement plate, mais dans l'autre elle s'incurvait vers le haut de chaque côté de moi. Sur les bords du bassin, le niveau du liquide était effectivement plus haut que ma tête, c'est pourquoi il me semblait nager au creux d'une grande vague gelée... Je m'attendais à tout moment à ce que l'eau me submerge quand la surface s'égaliserait, ce qu'elle ne fit jamais, bien entendu, puisqu'elle était déjà plate dans ce champ bizarre de la gravité. (De retour sur Terre, ce fut un vrai gâchis lorsque je voulus démontrer cet effet au moyen d'un seau d'eau que je fis tournoyer autour de moi au bout d'une ficelle. Si vous désirez faire cette expérience, ayez soin de choisir un décor approprié !)

Il ne nous fut pas possible de folâtrer dans cette piscine singulière aussi longtemps que nous l'aurions voulu ; les haut-parleurs commençaient à procéder lentement à l'appel des noms et je compris que mon séjour prenait

fin. Tous les passagers étaient priés de s'occuper de leurs bagages et de se rassembler dans
le hall principal. Je savais que les colons se
préparaient à faire leurs adieux et, bien que
je ne fusse pas directement concerné, j'étais
suffisamment intéressé pour me joindre à eux.
Après cette fréquentation des Moore, je m'étais
mis à les apprécier beaucoup et à mieux comprendre leurs points de vue.

Quelques minutes plus tard, il nous fut donné d'assister à une petite réunion émouvante.
Ce n'était plus là de rudes et confiants pionniers ; ils savaient devoir bientôt connaître la
séparation dans un monde étrange, parmi des
millions d'autres êtres humains aux façons de
vivre totalement différentes. Toutes leurs al-
lusions au « retour chez soi » semblaient avoir
disparu. Ce n'était plus de la Terre mais de
Mars qu'ils avaient la nostalgie.

En écoutant leurs adieux et leurs recom-
mandations, je me sentis soudain très malheureux pour eux. Et puis je me sentis très malheureux de mon propre sort, car, dans quelques heures, il me faudrait, moi aussi, dire au
revoir à l'Espace...

CHAPITRE XII

J'avais été seul à faire le voyage depuis la
Terre, mais j'allais retourner chez moi en nom-
breuse compagnie. Il y avait près de cinquante
passagers rassemblés à l'étage de la « Gravité
1/3 », dans l'attente de l'embarquement. C'était

l'effectif admis pour la première fusée ; les autres colons suivraient par les prochains courriers.

Avant le départ, on nous remit un paquet de prospectus pleins de conseils, d'instructions et d'avertissements sur les conditions de la vie terrestre. Il me sembla à peine nécessaire d'y jeter un coup d'œil, mais je les accueillis avec joie en tant que nouveaux souvenirs de ma visite. C'était certainement une heureuse idée que de distribuer ces tracts à ce stade de notre voyage de retour, car la plupart des passagers s'absorbaient tant dans leur lecture qu'ils n'auraient pas le loisir de se tourmenter sur d'autres sujets jusqu'à l'atterrissage.

La soupape était trop étroite pour contenir plus d'une douzaine de personnes à la fois, de sorte qu'il fallut un certain temps pour nous embarquer tous. A chaque fournée, les moteurs entraient en action pour neutraliser jusqu'à immobilisation le mouvement rotatif habituel du système de jonction, lequel était alors accouplé à la fusée, désaccouplé de nouveau après le passage des occupants, et la même opération recommençait. Je me demandais ce qui arriverait si le dispositif se bloquait alors que la Station en mouvement était reliée à la même fusée immobile. C'est probablement cette dernière qui en pâtirait le plus, sans compter les malheureux occupants de la soupape ! Cependant, j'appris par la suite qu'il existait un accouplement mobile de réserve pour pallier ce cas critique.

La fusée-ferry pour la Terre était le plus gros appareil sur lequel je fusse jamais monté. Il y avait une vaste cabine pour les passagers,

avec des rangées de sièges dont les courroies
devaient rester bouclées pendant toute la traversée. Je fus assez heureux pour être l'un des
premiers à monter à bord et je pus ainsi obtenir une place située près d'un hublot. La
plupart des voyageurs ne pouvaient que se regarder l'un l'autre ou lire les prospectus qu'on
leur avait donnés.

Nous attendîmes près d'une heure avant que
tout le monde fût embarqué et les bagages mis
en cale. Les haut-parleurs nous avertirent alors
de nous préparer au départ qui aurait lieu dans
cinq minutes. La fusée était à présent complètement désaccouplée de la Station et en
avait même dérivé de plusieurs centaines de
mètres.

J'avais toujours pensé que le retour vers la
Terre ferait plutôt figure d'un désenchante-
ment, après l'exaltation de l'envol. Certes,
c'était un tout autre genre de sensation, mais
c'était encore une nouvelle expérience. Jusqu'alors, nous nous étions sinon arrachés à la
puissance d'attraction de la Terre, du moins
déplacés, si rapidement dans notre orbite que
la planète ne pouvait plus nous attirer. Mais,
maintenant, nous allions abandonner cette vitesse qui nous donnait la sécurité, nous allions
descendre jusqu'à effleurer la surface de l'atmosphère dans la couche de laquelle il nous
faudrait pénétrer en spirale. En effet, en s'y
enfonçant à pic, notre appareil pourrait s'en-
flammer dans le ciel comme un météore et terminer sa carrière par une course flamboyante.

J'observai les visages tendus qui m'entouraient. Peut-être tous les colons martiens
étaient-ils hantés par les mêmes pensées, peut-
être se demandaient-ils ce qu'ils allaient trou-

ver et ce qu'ils feraient sur la planète que si peu d'entre eux avaient déjà vue. Je formulai intérieurement le vœu que pas un ne soit déçu.

Trois notes aiguës dans le haut-parleur nous donnèrent le dernier avertissement. Cinq secondes plus tard, les moteurs démarrèrent doucement, accroissant rapidement leur puissance jusqu'à la vitesse maximum. Je vis la Station Résidentielle tomber promptement derrière nous et son gigantesque tambour pivotant se rétrécir sur le fond d'étoiles. Puis, la gorge serrée, je regardai défiler à nos côtés l'amas de poutrelles et de cabines pressurisées qui abritaient tant de mes amis. Je ne pus m'empêcher de leur adresser un signe de la main, même si ce geste était inutile. Après tout, ils savaient que j'étais à bord de cette fusée et pouvaient m'apercevoir dans un éclair à travers le hublot...

A présent, les deux éléments de la Station s'enfuyaient rapidement derrière nous et furent bientôt dérobés à la vue par la grande aile de l'appareil. On avait du mal à se convaincre qu'en réalité c'était nous qui perdions de la vitesse tandis que la Station poursuivait immuablement sa route. Et, en perdant cette vélocité, nous commencions à amorcer une longue chute en courbe qui nous mènerait de l'autre côté de la Terre avant de pénétrer dans l'atmosphère.

Après un laps de temps étonnamment court, les moteurs se turent de nouveau. Nous avions acquis toute la vitesse nécessaire et la gravité ferait le reste. La plupart des passagers s'étaient installés pour lire, mais je décidai de jeter un dernier coup d'œil sur les étoiles avant que la couche atmosphérique vienne troubler la netteté du spectacle. C'était aussi ma dernière occasion d'expérimenter l'impondérabilité. Mais elle fut gâchée, car je ne pus quitter ma place. J'essayai cependant, mais j'en fus empêché par l'intervention du steward.

La fusée, pointée maintenant vers la direction opposée à celle de sa trajectoire orbitale, devait pivoter sur elle-même de façon à entrer dans l'atmosphère le nez en avant. Le temps ne manquait pas pour exécuter cette manœuvre et le pilote l'entreprenait sans hâte en agissant sur les propulseurs à faible puissance situés à l'extrémité des ailes. D'où je me trouvais, je pouvais voir les petites colonnes de vapeur s'éjectant des tuyères tandis que les étoiles se mettaient à tourner lentement autour de nous. Dix bonnes minutes s'écoulèrent, puis ce mouvement prit fin.

A présent, le nez de l'appareil pointait franchement vers l'est.

Nous étions encore à presque huit cents kilomètres au-dessus de l'Equateur, nous déplaçant à une vitesse proche de trente mille kilomètres-heure. Mais nous ne descendions plus que lentement vers la Terre : dans trente minutes aurait lieu le premier contact avec l'atmosphère.

John était assis à côté de moi, me donnant ainsi une occasion d'étaler mes connaissances en géographie.

— Voici, en dessous de nous, l'Océan Pacifique, dis-je.

Quelque chose m'incita à ajouter, pas très délicatement d'ailleurs :

— Tu pourrais y plonger toute la planète

Mars sans approcher trop près d'aucune de ses rives.

Mais John était trop captivé par la grande étendue d'eau pour se sentir offensé par mes paroles. Ce devait être une vision ahurissante pour quelqu'un qui n'avait jamais vécu que sur une planète sans mer. Il n'existait aucun lac permanent sur Mars, mais seulement quelques étangs sans profondeurs qui se formaient durant l'été autour des glaciers en cours de fonte. Et maintenant, John contemplait une masse d'eau qui s'étendait dans chaque direction aussi loin que la vue pouvait porter, mer immense mouchetée çà et là de quelques parcelles de terre.

— Regarde ! dis-je. Là, juste devant toi ! Tu peux voir la côte de l'Amérique du Sud. Nous ne devons pas être à plus de trois cents kilomètres d'altitude à présent.

L'océan s'enroulait en dessous de nous tandis que la fusée descendait vers la Terre, toujours dans le plus complet silence. Quiconque avait la chance d'avoir vue par un des hublots abandonnait sa lecture. Je plaignais de tout mon cœur les passagers installés au milieu de la cabine ; ils n'avaient pas la possibilité de voir approcher le paysage.

La côte de l'Amérique du Sud défila en quelques secondes et je vis apparaître devant nous les immenses jungles de l'Amazone. Il y avait là de la vie dans une proportion que Mars ne pouvait pas égaler, n'avait jamais égalée peut-être, même en ses époques neuves. Des milliers de kilomètres carrés de forêts épaisses, d'innombrables torrents et rivières qui se dépliaient si rapidement sous nos yeux qu'une

nouvelle contrée à peine surgie était déjà hors
de vue.

Maintenant, la grande rivière s'élargissait
tandis que nous foncions au-dessus de son
cours. L'Atlantique approchait. Il aurait dû
être visible, mais il semblait caché par de la
brume. En passant au-dessus de l'embouchure de l'Amazone, je vis qu'un violent orage se-
couait cette contrée. De temps en temps, des
décharges de brillants éclairs jouaient à travers les nuages. C'était extraordinaire de voir
se dérouler cette vision fabuleuse dans un silence total.

— Un orage tropical, dis-je à John. Avez-
vous quelque chose dans ce genre, sur Mars ?

— Pas avec de la pluie, bien sûr ! répondit-
il. Mais nous voyons quelquefois d'assez mauvaises tempêtes de sable sur les déserts. Et
j'ai aperçu des éclairs une fois ou deux.

— Comment ? Sans nuages ? m'étonnai-je.

— Oui. Le sable s'électrifie. Pas très souvent, mais cela arrive.

La tourmente était maintenant loin derrière
nous et l'Atlantique s'étalait calmement sous
le soleil de l'après-midi. Nous ne devions plus
le voir longtemps, car l'obscurité s'étendait
au-delà. Le côté de la planète où régnait la
nuit était à proximité et je distinguai un ban-
deau d'ombre qui approchait rapidement.

C'était une impression terrifiante que de
plonger tête baissée dans ce rideau de ténèbres. Au milieu de l'Atlantique, nous perdîmes
le soleil et, presque au même instant, nous
entendîmes le premier chuchotement de l'air le
long de la coque. Ce murmure surnaturel fit
se dresser mes cheveux sur ma tête, car, après
le silence de l'Espace, tout bruit paraissait ex-

trêmement dangereux. Au fur et à mesure que les minutes passaient, il augmenta régulièrement et, du faible et distant gémissement qu'il était, arriva au hurlement aigu. Nous étions encore à quatre-vingts kilomètres d'altitude mais à la vitesse où nous allions, l'atmosphère incroyablement rare de ces hauteurs protestait.

Mieux que cela, il accrochait la fusée, la ralentissait. On sentait une traction légère mais toujours croissante des courroies : la décélération essayait de nous tirer hors de nos sièges. L'impression était celle qu'on éprouve dans une voiture quand les freins entrent progressivement en action ; mais, dans notre cas, le freinage devait durer deux heures et demie et nous devions accomplir encore une fois le tour du monde avant d'arriver à l'immobilité...

Nous n'étions plus dans un astronef mais dans un avion. Au milieu d'une obscurité presque complète — il n'y avait pas de lune — nous passâmes au-dessus de l'Afrique et de l'Océan Indien. Savoir que nous fonçions dans la nuit, que nous voyagions au-dessus de la Terre à une vitesse de plusieurs milliers de kilomètres-heure, c'était impressionnant. Le cri strident des couches supérieures de l'atmosphère était devenu le fond sonore permanent de notre vol. Il n'augmentait ni ne diminuait en puissance, tandis que les minutes s'écoulaient.

Je tentais de percer les ténèbres quand je vis une faible lueur rouge en dessous de moi. Au premier abord, à cause de l'inexistence du sens de la perspective ou des distances, cette lueur me parut située à une immense profondeur en dessous de la fusée et je ne m'imaginai pas ce que cela pouvait être.

Un grand incendie de forêt peut-être ? Mais nous étions maintenant certainement de nouveau au-dessus de l'Océan. Tout à coup, je réalisai dans un bond qui me propulsa presque hors de mon siège, que cette inquiétante lueur provenait de notre aile !... La chaleur de notre passage à travers l'atmosphère était en train de la faire virer au rouge cerise.

Je regardai fixement ce troublant spectacle pendant plusieurs secondes, avant de décider qu'en réalité tout se passait normalement. La totalité de notre terrible énergie motrice se trouvait convertie en chaleur. La lueur pourpre se développait sous mes yeux, et, en m'écrasant le nez contre le hublot, je pouvais distinguer une partie du bord d'attaque qui était par place d'un jaune éclatant. Je me demandai si les autres passagers l'avaient remarqué ou si les petits prospectus — que je ne m'étais pas soucié de lire — leur avaient déjà dit de ne pas s'inquiéter.

Je fus bien aise lorsque nous émergeâmes à la lumière du jour une nouvelle fois, en accueillant l'aube au-dessus du Pacifique. Le rougeoiement des ailes n'était plus visible et cessait ainsi de me tourmenter. De plus, la pure splendeur du soleil levant vers lequel nous foncions à près de seize mille kilomètres-heure, balayait toute autre sensation. Depuis la Station Intérieure, j'avais regardé de nombreux couchers et levers de soleil passer sur la Terre, mais j'étais alors vaguement indifférent, car je ne faisais pas partie de la scène elle-même. De nouveau, à l'intérieur de l'atmosphère, ces merveilleuses couleurs m'entouraient de partout.

Nous avions maintenant accompli un circuit complet autour de la Terre et notre vitesse avait été réduite de plus de moitié. Il fallut cette fois beaucoup plus longtemps avant que les jungles brésiliennes ne soient en vue, et elles défilèrent infiniment plus lentement. Au-dessus de l'embouchure de l'Amazone, l'orage faisait toujours fureur, à une faible distance seulement en dessous de nous. Nous entreprîmes notre dernière traversée de l'Atlantique Sud.

Puis la nuit revint une fois de plus et de nouveau la lueur rougeâtre de l'aile perça l'obscurité qui entourait la fusée. Elle paraissait même plus forte maintenant, mais il faut croire que je m'y étais habitué car sa vue ne me tracassait plus. Nous étions presque arrivés ; c'était la dernière étape du voyage. La perte de vitesse était à présent si importante que nous ne nous déplacions probablement pas plus vite que beaucoup d'avions ordinaires.

Un essaim de lumières le long des côtes de l'Afrique Orientale nous avertit que la dernière traversée de l'Océan Indien commençait.

J'aurais voulu me trouver dans le poste de pilotage pour observer les préparatifs d'atterrissage sur l'aéroport interplanétaire.

Le pilote avait déjà dû recevoir les signaux de balisage-radio, et il allait diriger l'appareil le long du faisceau-guide, toujours à grande vitesse mais selon un programme soigneusement chronométré à l'avance. En atteignant la Nouvelle-Guinée, notre vitesse serait presque complètement épuisée. Notre fusée ne serait plus rien qu'un grand planeur flottant dans le ciel nocturne et consommant les dernières miettes de son élan.

Le haut-parleur coupa le fil de mes pensées.

« *Pilote aux passagers. Nous atterrissons dans vingt minutes* ».

Même sans cet avertissement, j'avais deviné que le voyage approchait de sa fin. Le hurlement du vent à l'extérieur de la coque avait diminué d'intensité et il y avait eu un changement de direction perceptible quand l'appareil s'était incliné vers le bas. Mais le signe le plus remarquable de tous était le rapide déclin de la lueur rouge de l'aile. Il ne restait plus que quelques taches rougeoyantes près du bord d'attaque et elles devaient disparaître au bout de peu de temps.

Il faisait encore nuit quand nous passâmes au-dessus de Sumatra et de Bornéo. De temps à autre, les lumières de navires et d'agglomérations apparaissaient en clignotant et s'enfuyaient derrière, très lentement semblait-il, du moins par comparaison avec l'allure fantastique de notre premier circuit. A de fréquents intervalles, le haut-parleur annonçait notre vitesse et notre position. Nous circulions à moins de seize cents kilomètres-heure quand nous arrivâmes au-dessus d'une obscurité plus profonde : la côte de la Nouvelle-Guinée.

— Ça y est ! chuchotai-je à John.

La fusée s'était légèrement inclinée et une grande constellation de lumières était visible en dessous de l'aile. Une fusée de signalisation s'éleva lentement dans un arc gracieux et explosa en donnant un feu écarlate. Dans la clarté éphémère, j'aperçus les pics blancs des montagnes entourant l'aéroport, ce qui me fit

me demander quelle marge exacte d'altitude
il nous restait. Ç'aurait été d'une cruelle ironie
d'arriver au terme d'un aussi long voyage pour
trouver la catastrophe.

Je ne sus jamais exactement à quel moment
nous prîmes contact avec le sol, tant l'atterrissage fut parfait. La transition m'échappa entre l'instant où nous étions encore en l'air et
celui où les lumières de la piste défilèrent à
nos côtés tandis que l'appareil roulait en ra-
lentissant progressivement pour s'immobiliser bientôt. Je demeurai comme paralysé sur
mon siège, essayant de réaliser que j'étais de
retour sur la Terre. Alors je regardai John.
A en juger par son expression, il avait du mal
à prendre pleinement conscience de la situation, lui aussi.

Le steward arriva pour aider les passagers
à se libérer de leurs courroies et pour leur donner les conseils de dernière minute. En face
de ces visiteurs un peu harassés, je ressentis
malgré moi un léger sentiment de supériorité.
Je savais me débrouiller sur Terre, alors que
tout ici allait leur sembler très étrange. Ils
devaient également comprendre qu'ils étaient
maintenant aux prises avec la gravité intégra-
le et qu'ils n'y pourraient rien changer avant
de retourner dans l'Espace.

Comme nous avions été les premiers à entrer dans la fusée, nous fûmes les derniers à
en sortir. J'aidai John à porter quelques-uns
de ses bagages personnels, car il n'avait pas
l'air très à l'aise et il voulait avoir au moins
une main libre pour s'en servir comme support.

— Courage ! lui dis-je. Tu feras bientôt des
cabrioles, comme sur Mars !

— J'espère que tu dis vrai, répondit-il d'un air sombre. Pour l'instant, je me sens comme un estropié qui a perdu ses béquilles.

Je remarquai que Mr. et Mrs. Moore arboraient des expressions de farouche détermination, tandis qu'ils se dirigeaient avec précaution vers la soupape. S'ils souhaitaient être de retour sur Mars, du moins gardaient-ils leurs impressions pour eux-mêmes, ainsi que leurs filles qui semblaient être moins affectées par la gravité que n'importe lequel d'entre nous.

Nous débouchâmes sous l'ombre de la grande aile et l'air léger de la montagne nous fouetta le visage. L'air était vraiment très doux, d'une douceur surprenante pour une nuit à cette altitude. Alors je compris que l'aile qui nous abritait était encore brûlante, même si son échauffement n'était plus visible.

Nous nous éloignâmes lentement de la fusée pour nous diriger vers les véhicules qui nous attendaient. Avant de monter dans le bus qui devait nous conduire aux bâtiments de l'aéroport, je m'attardai pour regarder une nouvelle fois le ciel étoilé qui avait été ma patrie pendant un court séjour, et qui la redeviendrait, j'en étais certain. Là-haut, dans l'ombre de la Terre, veillant sur le trafic qui reliait les mondes, se trouvaient le commandant Doyle, Tim Benton, Ronnie Jordant, Norman Powell et tous mes autres amis de la Station Intérieure. J'évoquai la promesse du commandant, et je me demandai dans combien de temps je pourrais la lui rappeler...

John Moore attendait patiemment derrière moi tout en étreignant la poignée de la porte

du bus. Il avait remarqué que je scrutais le
ciel et il suivait mon regard.

— On ne pourra pas voir la Station. dis-je.
Elle est dans son éclipse.

John ne répondit pas et je vis qu'il était en
train de regarder fixement vers l'est, où l'horizon s'illuminait de la première pointe de
l'aube. Haut sur le fond des étoiles australes
luisait la plus brillante de toutes, un rubis étin-
celant que je reconnaissais bien.

— Mon pays, murmura John, ému.

Capté par le charme de cette attirante lueur,
je me souvins des photos qu'il m'avait mon-
trées et des choses qu'il m'avait racontées.
Là-bas, c'était les grands déserts colorés, les
vieux fonds marins à qui l'homme était en
train de redonner une vie, les Martiens minuscule qui peut-être appartenaient à une race
plus ancienne que la nôtre.

Et je me dis qu'après tout j'allais peut-être
décevoir le commandant Doyle. Les Stations
de l'Espace, ces îles dans le ciel, étaient trop
proches de chez moi pour me contenter à présent. Mon imagination avait été capturée par ce
petit monde rougeâtre qui scintillait hardiment
au milieu des étoiles. La prochaine fois que
je quitterais la Terre, la Station Intérieure ne
serait plus qu'un jalon de ma route vers des
mondes plus lointains...

F I N

ACHEVÉ   D'IMPRIMER
SUR   LES   PRESSES
DE   L'IMPRIMERIE   FOUCAULT
126, AVENUE DE FONTAINEBLEAU
94270   -   LE KREMLIN-BICÊTRE

DÉPOT LÉGAL : 2e TRIMESTRE 1977

IMPRIMÉ   EN   FRANCE

PUBLICATION MENSUELLE